# Ana María Matute

## Cuentos de infancia

*Érase una vez una niña llamada Ana María Matute, que a los cinco años empezó a escribir y dibujar historias...*

mr · ediciones martínez roca

Nota a la corrección: Teniendo en cuenta la edad a la que la autora escribió estos cuentos, y a fin de simplificar su lectura, hemos considerado necesario realizar una corrección ortográfica completa y añadir la puntuación que nos ha parecido indispensable. No obstante, en los fragmentos reproducidos directamente del manuscrito puede apreciarse la ortografía original. A su vez, hemos marcado las lagunas halladas en el mismo.

Diseño de cubierta e interior: Compañía
Imagen de cubierta: Ana María Matute

Ninguna parte de esta publicación, incluido el diseño
de la cubierta, puede ser reproducida, almacenada o transmitida
en manera alguna ni por ningún medio, ya sea electrónico,
químico, mecánico, óptico, de grabación o de fotocopia,
sin permiso previo del editor. Todos los derechos reservados.

© 2002, Ana María Matute
© 2002, Ana María Moix, por el prólogo
© 2002, Ediciones Martínez Roca, S. A.
Diagonal, 662-664, 08034 Barcelona
Primera edición: octubre de 2002
ISBN: 84-270-2858-X
Depósito legal: B. 39.636-2002
Fotocomposición: Pacmer, S. A.
Impresión: S. A. de Litografía
Encuadernación: Eurobinder, S. A.

*Impreso en España - Printed in Spain*

# Índice

Prólogo, por Ana María Moix .............................................. 5

## Fantasías (cinco años)
    El duende y el niño ................................................ 15
    La avaricia de un rey (inacabado) ............................. 17

## Figuras geométricas (diez años)
    Figuras geométricas ................................................ 21

## Cuentos de niños (doce años)
    El trozo de espejo ................................................... 31

## Volflorindo (doce años)
    Volflorindo o Los mundos ignorados ....................... 45

## Alegorías (catorce años)
    Alegoría primera ..................................................... 99
    Alegoría segunda .................................................... 115

## El Hijo de la Luna (catorce años)
    El Hijo de la Luna ................................................... 131
    Las lucecitas de plata .............................................. 155

Facsímil de *El duende y el niño* ........................................ 211

Biografía de Ana María Matute ........................................ 223

# Prólogo

Escritos con caligrafía inusualmente nada titubeante para una niña en edad escolar, y acompañados de dibujos de intenso y bien combinado colorido, estos cuentos escritos e ilustrados por Ana María Matute entre los cinco y los catorce años, y que hoy se presentan al lector, se encontraban en la Biblioteca de la Boston University, donde la autora los había depositado, junto al original de la versión inicial de su primera novela, *Las luciérnagas*, los números de la «Revista de Schyril» (que incluía cuentos, cómics y crítica de cine), diagramada, escrita e ilustrada, en sus años infantiles, por quien llegaría a ser una de las escritoras mayores de la narrativa escrita en castellano a lo largo del siglo XX.

Hay noticia de escritores de importancia capital en la historia de la literatura de quienes se sabe, de acuerdo con sus propias declaraciones o con las de los adultos que convivieron con ellos durante su infancia, que, siendo niños, a una edad precoz, escribían relatos, e incluso poemas, y confeccionaban revistas y periódicos para el consumo familiar. Pero, que yo sepa, estos materiales nunca llegaron al lector, ya sea por no haberse conservado o por, pasado el tiempo, revelarse insignificantes, como, por otra parte, suele también ocurrir en el caso de infinidad de adolescentes que expresan su mundo personal por escrito sin que, posteriormente, se dediquen a la literatura. No ha sucedido así con los cuentos ilustrados que hoy se dan a la imprenta. Afortunadamente, parte de los textos escritos por nuestra autora durante su infancia y primera adolescencia fueron amorosamente guardados por su madre durante años y, cuando la escritora, ya adulta, abandonó el hogar familiar para casarse, se los entregó. Gracias a ese celo materno podemos hoy disfrutar no sólo de una muestra excepcional de los primeros pasos de una escritora de indiscutible talento, sino de la constatación de un fenómeno, de un proceso, del que estas páginas aportan pruebas: el universo mental, y verbal, de Ana María Matute, autora de obras tan memorables como, entre otras, *Los hijos muertos*, *Primera memoria* u *Olvidado rey Gudú*, estaba casi definido a la edad en que empezó a leer y a escribir.

¿El genio nace o se hace? Mucho se ha escrito y debatido sobre esta cuestión, y es indudable que parte, una parte creo que sustancial, del resultado de una obra artística se debe al aprendizaje del medio que el creador ha elegido para expresarse, y que los acontecimientos biográficos y el entorno social e

histórico que enmarcan la gestación de cualquier producción creativa dejan su huella en ella. Sin embargo, ante el ejemplo que nos proporcionan estas páginas, es imposible no atender a la evidencia de que, en ocasiones, como han declarado algunos poetas, es el lenguaje el que elige a un creador. Y esa extraña, poco frecuente e inexplicable posesión, en la vida de Ana María Matute aconteció a una edad ciertamente temprana.

Porque, al leer estos cuentos, además de apreciar la gracia expresiva y la rica imaginación de una escritora a una edad comprendida entre los cinco y los catorce años, y de sorprendernos por el pulso narrativo de que ya hace gala, lo que nos impacta y emociona es encontrar ya algunos de los elementos que constituyen el universo de sus grandes obras posteriores.

En efecto, ya en los dos primeros de estos cuentos, titulados *El duende y el niño* y *La avaricia de un rey*, escritos a los cinco años, aparecen dos temas recurrentes no sólo en algunos de los aquí recopilados, sino en toda la obra posterior de Ana María Matute: la pereza, actitud tan reprobada por los adultos que rodean a los personajes principales, y la avaricia. La pereza, que en las novelas y relatos de Matute (*Historias de la Artamila* y *Los niños tontos*, entre otros) forma parte del comportamiento de los adolescentes ensimismados, que viven aislados del mundo exterior adulto, es, para esos seres angélicos, aferrados a sus sueños, un refugio desde el que rechazar la realidad, ese mundo de los mayores regido por la ley del más fuerte y por la injusticia.

Sorprende cómo la sensibilidad de una niña de cinco años, nacida y educada en el seno de una familia burguesa, económicamente acomodada, está ya marcada por la doliente huella que ha dejado en ella el descubrimiento de la pobreza, y cómo relaciona las privaciones de una humanidad que vive en la penuria con la avaricia de las clases poderosas (en el imaginario infantil, un rey avaricioso, que almacena tesoros en el sótano de su castillo, se niega a ayudar a los pobres que llaman a su puerta y hace la guerra al monarca vecino para arrebatarle riquezas que él no necesita y que pasarán a aumentar las que ya posee). Éste será uno de los temas básicos de la Matute adulta, quien convertirá a esos «reyes avariciosos» en «los mercaderes» (título de su famosa trilogía, compuesta por *Primera memoria*, *Los soldados lloran de noche* y *La trampa*). En una sociedad dividida entre vencedores y vencidos, entre poderosos y desheredados de la fortuna, los mercaderes –los «avariciosos», en su

lenguaje infantil– regirán la vida material, la penuria, de esos seres matutianos que, por negarse a aceptar las reglas implacables del orden, del egoísmo y de la brutalidad de la ley del más fuerte, se convierten en víctimas.

Muchos de los elementos, personajes e imágenes de estos cuentos resultarán familiares a los lectores de las obras de Matute. Ante *Figuras geométricas*, escrito a los diez años, cuento en el que los juguetes de Juanito poseen vida propia, juegan y hablan entre sí, al igual que las figuras geométricas de su libro de texto, y los objetos de *Volflorindo*, imposible no remitirnos a *Sólo un pie descalzo* (escrito en 1983), y al *País de la Pizarra* (1978), del mismo modo que el teatro y las muñecas viejas y estropeadas del mismo cuento nos adentran en la atmósfera de la novela *Pequeño teatro* (1954) o de los cuentos para adultos protagonizados por titiriteros que vagan por los pueblos en sus carromatos. En este recurso narrativo de dar vida a los objetos, a los números, tan propio de la imaginación infantil, cierto, pero tan difícil de literaturizar (sobre todo a la edad en que la autora lo hizo, ¡y con qué extraordinaria intuición verbal!) asoman algunas lecturas de la época, como las de los cuentos de Andersen (devoción eterna de Matute), de los Hermanos Grimm y de Lewis Carroll. De los Hermanos Grimm surge el misterio por los países del Norte, donde, más de medio siglo más tarde, situará una auténtica obra maestra, *Olvidado rey Gudú*. (También más de medio siglo más tarde, y en dicha novela, reaparecerá una frase de *Alegoría primera* –el Gnomo «había perdido la juventud»– que es clave de la historia de Gudú.) De *Alicia en el País de las Maravillas*, de Carroll, toma la pequeña Matute, entre otros elementos, los mundos subterráneos y el otro lado de los espejos. Y, finalmente, es fácil rastrear en estos textos una de las grandes pasiones de la autora: la que siempre ha manifestado por *Peter Pan*, de J. M. Barrie. La historia de *Peter Pan*, el niño que no quiso crecer, alienta algunos de estos cuentos («Ando errante por el mundo en busca de los niños que sueñan despiertos, y los llevo al bosque de la Luna. Allí pueden gozar de sus sueños y son felices... ¿quieres venir?», dice el Hijo de la Luna, cuyo nombre es el título del relato que protagoniza, y quien, en compañía de sus nuevos amigos, «seguían volando, cogidos de la mano, sobre los tejados apretujados de la Ciudad, cubierta por la nieve del invierno»). Los niños protagonistas de estas historias (como en el extraordinario *El Polizón del Ulises*, 1965) no se niegan a crecer, pero sí poseen ya la hiriente certeza de la enorme e irreparable pérdida que significa dejar de ser niño: Jelberg, en *Las lucecitas de plata*, escrito a los catorce años, le explica a Tilín que, «siendo un niño, sabía ver por los ojos de la imaginación», poder que se pierde al crecer.

Y el Gran Limo le aconseja «procurar no perder ese don al hacerse hombre...», ya que los niños, «al hacerse mayores, se tornan escépticos y nos olvidan, incrédulos. Incluso hay algunos que se olvidan de nosotros y hacen creer a sus hijos que no existimos. Ésa es la causa de que hoy día no crean los niños en los duendes».

«Sólo los adultos que conservan en su interior algo del niño que fueron se salvan de la mediocridad y de la vileza de sentimientos», escribió la Ana María Matute ya adulta. Indudablemente, nuestra autora ha conservado siempre en su interior a la pequeña gran escritora que fue. Y los cuentos de aquella pequeña gran escritora nos ayudan hoy a recobrar lo que, a nuestra vez, quizá fuimos y perdimos.

*Ana María Moix*

# Fantasías

*cinco años*

*El duende y el niño*
*La avaricia de un rey*
(inacabado)

## El duende y el niño

Pepito era un niño que nunca había tenido un traje de marinero, tenía 5 años, y era de lo más perezoso que se ha podido ver.

Un día fue a su cuarto y llamó al duendecito, éste salió del cajón de la mesilla dando un salto desde ella hasta el suelo, ¿qué quieres ahora?, le preguntó el duende. Pepito dijo que quería un traje de marinero azul marino, y el cuello con una raya alrededor blanca.

Enseguida el duende le trajo uno pero luego se lo llevó porque no tenía las medidas, y el duende llamó a Pepito diciéndole que le diera las medidas, pero como era tan perezoso no quiso porque tenía pereza.

El duende le trajo uno, se lo puso y le estaba muy corto, tan corto que se le veían la camisa y los calzoncillos. Le llamó otra vez y le dijo que uno más largo.

El duende se lo trajo, se lo puso y le estaba larguísimo, los pantalones le colgaban, la blusa le caía por las rodillas y las mangas por encima de las rodillas, estaba feísimo.

Le llamó al duende, y le dijo que era muy tonto, y el duende le dijo que viera lo que le había pasado por perezoso, y a los perezosos todas las cosas les salen igual.

Entonces Pepito no volvió a ser perezoso.

FIN DEL PRIMER CUENTO

## *La avaricia de un rey*

Había una vez un rey muy avaricioso que tenía un tesoro muy grande en el sótano del castillo.

Su esposa era muy buena y siempre le decía que no fuera tan avaricioso y que fuese más pródigo con los pobres que pedían a su puerta.

Pero el rey seguía siendo tan avaricioso y los pobres se morían de hambre. Entonces la reina se desesperó porque su marido, no contento con sus riquezas, quiso hacer una guerra con el rey vecino para quitarle la riqueza.

# Figuras geométricas

*diez años*

*Figuras geométricas*

## Figuras geométricas

### I

El reloj dio las doce.

En la sala de juegos de Juanito, los juguetes se divertían. Era un silencio grande. Todos dormían. A un lado, el armario azul (sal) se abrió, y por él saltaron los juguetes a divertirse, pues a esta hora tienen vida. Al otro lado, el pupitre de Juanito, abierto. Sobre él el cuaderno de geometría.

El señor triángulo se quejaba:

—Yo, de familia tan distinguida —decía—, nada menos que equilátero, parezco escaleno.

El señor triángulo escaleno gritó:

—¡Qué manera de insultar! ¿Es acaso una deshonra?

—No os podéis quejar, soy yo la que debo hacerlo —dijo la esfera—. Estoy muy mal dibujada, parezco aplastada, y no una bola como debe ser, ¡fijaos!, ¡sin sombras!, soy muy desgraciada.

Por el estilo hablaban los demás (jug) cuerpos geométricos.

El señor libro «Geometría» se levantó, y se paseó orgulloso

## ¡Pues, ¿y esa presumida circunferencia?

por el pupitre, y como es muy joven no supo hacer más que meterse el dedo en la boca, dar la vuelta a la mesa y colocarse donde estaba antes.

Su madre la Gramática le dijo:

—Anda, hijo, di lo que sabes, recita, anda.

Como es muy vergonzoso se escondió detrás de la Geografía, y recitó:

—Triángulo escaleno es el que tiene sus lados desiguales, equilátero el que...

—¡¡Cállate!! ¡No me dejas dormir! —dijo el círculo—, como vuelvas a hablar te pelo.

Las comadres esfera y circunferencia criticaban:

—Vd. no sabe. Ese círculo es insoportable. ¡Mire que regañar a un pobre niño! ¡Es tan orgulloso!

—Pues a mi parecer, es hijo de aquella antipática pluma que lo dibujó, de vieja ha muerto en la basura. ¡Qué horrible es morir así!

—¡Y pensar que todos nosotros hemos de acabar así!

—¡Preferiría morir en el fuego!

—Así hemos de morir nosotros, como somos de papel... de todas maneras es preferible morir así que en la basura.

–Desde luego, amiga.

A todo esto se peleaban la pirámide y pentágono, éste cogió un hexágono y le pegó un pentagonazo que le hizo dar un salto.

Ante este drama, todos corrieron a donde se efectuaba la tragedia.

Los hombres murmuraban de las mujeres, y las comadres de ellos. Decía la esfera, mientras abanicaba a la señorita pirámide:

–Esos hombres son insoportables, deberían ir a parar a la basura.

La circunferencia contestó:

–Sí, amiga, sí, son insoportables. Cuando hicieron al hexágono, se sorbió toda la tinta, y para qué hablar, borracho perdido.

Y los hombres:

–Esas mujeres son idiotas; y cargantes, te toman por un tonto. ¡Que aprendan!, creo que la esfera es terrible, murmura de todos.

–Pues, ¿y esa presumida circunferencia? Es muy amiga.

–¡También está ésa buena! Nos pone a todos de oro y azul.

–La srta. Pirámide es tonta, por nada se desmaya, ¡total por un pentagonazo!

–Yo me alegro de haber sido utensilio para pegar a esa presumida.

–Lo tiene merecido.

Todo lo había oído la muñeca rubia, y todo lo arregló. Hicieron las paces, y vivieron contentos y felices.

Pasó una semana, y Juanito los dejó olvidados en un rincón.

Los pobres se apenaron mucho.

Una noche entró el duende rojo por la abierta ventana.

Venía con su varita mágica, pues a los duendes les está permitido una vez por año hacer un bien a los juguetes. Esta vez era el duendecillo rojo. Los cuerpos geométricos le contaron sus penas. El duende les hizo salir del todo, con su varita, del papel.

Luego los llevó a su casita.

Todos estaban muy contentos.

## II

Una noche, todos dormían en las camas de la casa del duende cuando un ruido llenó de pánico al círculo.

Una sombra se acercaba, y éste llamó a sus compañeros, y todos se prepararon. Detrás de la sombra salieron dos más.

Entonces todos se abalanzaron sobre las tres, que eran tres duendes ladrones. Los ataron, y atados estos se despertó el duende, su mujer y sus hijos, y los llevaron a la cárcel.

Un día se acordaron de la muñeca rubia, y para agradecerle lo que les había hecho, pensaron en hacer algo.

Se reunieron en una mesa, y empezaron a pensar.

Entonces el hexágono tuvo una idea: le llevarían un lazo rojo, que le sentaría muy bien sobre sus rubios cabellos. Siempre lo había deseado. Y aquella noche se lo dejaron con una carta.

La muñeca se alegró tanto que estuvo a punto de dar una voltereta, y no la dio porque le daba vergüenza.

Desde entonces siempre lo lleva puesto.

Juanito se extrañó mucho al verlo a la mañana siguiente, y no se lo quitó porque le gusta mucho.

Ésta es la vida de las figuras geométricas.

Desde entonces viven en la casa del duende, y de antipáticos se han vuelto simpáticos.

# Cuentos de niños

*doce años*

Cuentos "amm"

Ilustraciones de la autora

*El trozo de espejo*

# CUENTOS
de niños.

## El trozo de espejo

Eduardo era un chico como todos los chicos del mundo. Tenía sus preferencias, como todos los chicos del mundo. Incluso tenía la estatura de todos los chicos que tienen diez años y van a cumplir once muy pronto.

Eduardo, pues, sí era un chico normal, os lo voy a describir. Como yo no lo conocí, ni probablemente conoceré, lo describiré como son casi todos los niños de su edad. Tendría un metro veinticinco de estatura. Los ojos y el cabello castaños, que son los más corrientes, la piel ni morena ni blanca, la nariz respingona, y algunas pecas en la cara. Creo que casi todos los niños corrientes de diez años son así.

Pues bien; aquella mañana, se ponía los zapatos de tachuelas en las suelas y que son con el cuello alto, y las personas mayores llaman botas, y son zapatos.

Y mientras se ataba los cordones pensaba qué ocurriría por la escuela, después de 15 días que había pasado en la playa con el tío Jaime, la tía Clara y sus once primos. Claro que para él sólo eran cuatro, los más pequeños, porque los otros siete eran mayores y hasta había uno casado y todo y con dos niños.

En cuanto terminó de atarse las botas se peinó con mucho fijador de cabello, por tercera vez en aquella mañana, porque en seguida se despeinaba.

Eduardo metió en la cartera sus plumas y sus cuadernos, metió algo que en tiempos fue una aritmética, dos gramáticas, que ostentaban en el forro con letras muy grandes «Luisito Gómez» y dos tiradores nuevos. Asimismo, metió una caja de cerillas con un mosquito amaestrado y diez céntimos dentro, y muchos lápices muy largos con una punta kilométrica.

Todos los libros, excepto la aritmética, tenían el nombre de otros chicos. Siempre se confundía de libros y cogía los de cualquiera. Pero eso es lo mismo, porque todos los chicos de la escuela lo hacían, y todos los chicos del mundo, y como Eduardo he dicho que era un chico como todos los chicos del mundo, no es extraño que lo hiciese.

Pues bien, abrió la puerta del jardín y atravesó el camino, para correr por el césped.

Iba corriendo y revolcándose por el suelo cuando quería. Corría y se subía a los árboles, y se arrastraba como hacían los bandidos de la sierra.

"...Eduardo permaneció un rato mirándose la herida, sangrante aún de su rodilla, y mordisqueando la manzana"...

("El brazo de espejo" pág. 6)

Eduardo tropezó de pronto con una piedra y se cayó al suelo. Se hizo un corte en la rodilla, que le comenzó a sangrar.

Corrió a la fuente, que por cierto estaba allí cerca, y sacando el pañuelo de su bolsillo lo mojó con agua y se enjuagó la rodilla de sangre.

En esto se ocupaba cuando vio acercarse a una vendedora de manzanas, vieja y jorobada, que se le quedó mirando.

–¿Qué te ha pasado, pequeño? –le preguntó.

Eduardo la miró y le contestó:

–Estaba jugando y me he caído. No sé con qué me habré cortado...

–Seguramente sería algún trocito de cristal...

–Sí..., o una hoja de afeitar..., o también alguna punta de bayoneta que hayan enterrado unos bandidos para asaltar por la noche este pueblo y secuestrar a la gente... ¡Ojalá fuera eso! ¡Sí!, ¡eso debe de ser!... Si son los piratas yo me haré su grumete...

–No seas tonto, niño. A mí los chicos tontos me dan cien patadas...

–Yo no soy tonto, ni tampoco le he dado ninguna patada...

–Buscaremos a ver si encontramos el trocito de lo que sea...

–... de bayoneta... –dijo nuevamente Eduardo.

Sacó la caja de cerillas vacía de su cartera, y con cuidado para que no se escapase el insecto amaestrado, sacó los diez céntimos.

–¿Cuánto vale una manzana?

–Diez céntimos, pequeño...

–Pues tómelos..., ésta, quiero ésta..., gracias. Busquemos las armas que tengan escondidas.

¡Mira!..., conque armas, ¿eh?... ¿No te lo decía yo?...

Sus grandes ojos castaños se reflejaban en el trozo de espejo. Tragó saliva y, arrellanándose más aún, comenzó.

–Pues bien; a los muchachos podemos hacerles creer que hay bayonetas ahí. Cuando vayan pasando, los haremos tropezar y se pincharán. Así lo creerán mejor, y como lo dirán por todo el pueblo, no quedaré en ridículo puesto que todos lo dicen...

–Eso mismo..., ¿pero cómo tropezarán?

–Ya verás; ayúdame, Dorado...

Didín y Javier trasladaron enormes pedruscos al lugar, tantos que llegaron a taparse ellos... Entre ellos dos se elevaba una gran barrera..., y seguía subiendo, subiendo.

Después, pusieron al otro lado el trozo de espejo bien pin-

chado hacia arriba, para que, ¡plaf!, se acuchillasen los muchachos... Antes de marcharse le miraron, y se volvieron a reflejar un par de ojos claros y brillantes surcados de pestañas tenues y rubias, y otro par de ojos oscuros y también bruñidos, y brillantes en medio del frondoso bosque de sus abundantes pestañas morenas.

Después se marcharon a la escuela.

Eduardo no encontró nada de particular. Juanito tiraba bolitas de papel, Luisito Gómez, a pelearse con los chicos siempre por lo de los libros, Lolita se seguía pintando las uñas de los pies con lápices de colores, Marigold no sabía aún si le gustaba más la aritmética que los otros libros, y los restantes, con él, seguían robándole al señor González los puros, y colgándole muñecos de papel del levitón, escondiéndole los lentes, y untando de cola el fondo de la silla; los sábados, y cuando traía pan y miel para merendar, Dorado seguía quitándosela y comiéndosela, lo cual no tiene nada de particular, puesto que era, según él decía, era para completar su color.

Aquella mañana se portó bien Eduardo, y por eso el señor González le regaló dos caramelos. Cuando llegó y se sentó en el pupitre no tiró bolitas de su despedazada goma a nadie, pero

untó con la sangre de su rodilla el vestido de Marigold. Sólo volcó tres tinteros, y nada más que en la pared, y únicamente gastó dos gomas de borrar y siete lápices. No cortó con su navaja nada, ni clavó con ella el vestido de alguna chica al banco, porque estaba rota, y en el recreo, no llegaron a ser ni cinco vidrios los que rompió con el balón.

Ya todos sabían lo de las bayonetas. Por eso salieron dos horas antes de clase, todos, y al preguntarles el señor González el porqué, le dijeron que era porque querían. De manera que sólo tuvieron una hora de clase, y el recreo duraba hora y media.

Mas, con asombro suyo, los chicos fueron desfilando por allí, y se apartaban de la tapia tan tranquilos dando un rodeo.

Al ver que nada pasaba, sacaron cada uno sus martillos de bolsillo y sus navajas, y comenzaron a excavar.

Como nada encontraron, se indignaron, y luego de pelearse con los estafadores, les dieron una «soba» «que pá qué», porque dijeron que aquel día les duraba el recreo 6 horas, y se lo habían cortado, como a veces se corta la crema. Cuando llegaron, el señor González había cerrado la escuela y estaba camino de América, para buscar fortuna. Cualquiera entiende a las personas mayores. Para un día que te dan algo de recreo...

Eduardo y Dorado se marchaban más cariacontecidos y tristes, malhumorados y «mochos», que si acabaran de leer un libro de cuentos instructivos para niños, o de ver una película cómica del año 1900.

–Me parece, Didín, que hemos hecho esto demasiado alto...

–Verás, Dorado. Como las personas mayores son muy listas, puede que adivinen que se tienen que caer y pincharse, y, entonces...

–No me hables, so tonto...

En esto apareció el tío Ramiro. Es uno de esos tíos que les gusta que les besen la mano y que digas que no tienes más gana de crema, y que no escuches conversaciones que tú mismo debes adivinar que son de personas mayores, ni meter-

te en ellas, aunque hablen de ti mismo… Es tío de Eduardo. No le llama Didín ni a tiros. Le llama Eduardo Guillermo Fernando Sebastián, y a su hermanita, que se llama Lolín, y él la llama María de los Dolores Ángeles Micaela Luisa Georgina. Y un día que el tío estaba delante, para hacerse simpático, el pobre Didín le dijo:

–Excelente y caro tío Ramiro Luis Belamino Apolonio, os llama vuestro sobrino Eduardo Manuel José Tintero Guitana Luis Apostolado de la Oración y vuestra sobrina María de la Hermana de La Circulación de Tranvías…

Lo mandaron a la cama sin postre y en pleno día. Luego quieren que tomemos ejemplo de tío Ramiro, «porque es muy recto, y tú tienes que ser como él, Eduardín, muy recto, muy recto»… y es jorobado.

Pues bien, como decía, el empalagoso tío se acercaba.

–Eduardo Guillermo Fernando Sebastián, siento encontrarte jugando como un golfillo, sucio y desgreñado. Más te valdría repasar la vigésima lección de química, que creo no sabrás.

Eduardo le miró y luego volvió a poner cara enfurruñada. Dorado se limitó a silbar.

Y como que las personas mayores suelen ser más listas que las pequeñas, pues el tío Ramiro se cayó con todo el equipo; o sea: que se cayó con chepa y todo. Y se clavó un cristal. El trozo de espejo.

–¡Ah!, ¡ay!... ¡oh rocines infantes!..., ¡mereceríais ser indignos cuadrúpedos, y que en el dorso de vuestro lomo gravitaran haces de combustible, cuyos precios cotizara un gitano repulsivo!...

–Señor –interrumpió Dorado–, ¿por qué tanta ceremonia? ¿Por qué no nos ha llamado de una vez burros de carga?...

–¡Oh!, esto no quedará así, no...

Y los cogió de la mano, diciendo no sé qué de los infantes del tiempo de los hombres duros... (¡como si ahora fueran de chocolate a la francesa!) y que con la raza no sé qué ocurría igual que los jamelgos...

Menos mal que se calló.

Lo que pasa es que no sé por qué las personas mayores tienen que ser tan listas. Una vez callado el tío, Eduardo miró a Dorado. Éste le miró con sus ojos de color de trigo maduro, brillantes como las estrellas.

–Siento que por mí haya ocurrido esto.

Aquí, sabía Didín, el punto flaco de su tío. «Es cuestión de sentires», se dijo para su pellejo.

Así que, elevando sus grandes ojos castaños a su tío, le dijo:

–Siento haberme enfadado... Siento que se haya enfadado conmigo...

–Así debe ser –dijo, y le soltó la mano, e incluso le sonrió algo. El que lo sentía de veras era él. Pero os aconsejo que no esperéis que os digan eso nunca las personas mayores. Yo creo que será porque son demasiado listas.

Por eso, se cree que el pueblo está lleno de bayonetas. Porque lo han sentido ellos mismos. Lo que se conoce que sabían que se lo tenían que creer, y tomar el trozo de espejo por una punta de bayoneta. Ya he dicho que son muy listos.

# Volflorindo

*doce años*

*Volflorindo
o Los mundos ignorados*

# Volflorindo
## ó
### los mundos ignorados

# Volflorindo o Los mundos ignorados

Existe una historia muy original y curiosa: es la historia de Volflorindo... Esto ocurrió hace muchísimos años, cuando los hombres llevaban peluca de apretada coleta, las mujeres miriñaque, y se viajaba en diligencia.

Volflorindo era el hijo de un herrero. Cuando nació era tan guapo que en vez de llamarle como pensaban, Narciso, pensaron ponerle un nombre muy refinado y bonito. Y a fuerza de pensar y pensar decidieron llamarle Volflorindo. Pero el pobre Volflorindo, a medida que crecía, se volvía cada vez más feo, tanto, que al llegar a la edad de doce años era la criatura más fea del universo.

Tenía la cabeza inmensamente grande, la frente abultada, los cabellos escasos y ondulados de un rubio muy claro, recogidos en la nuca en una coleta apretada y corta, las narices aplastadas y chatas, el cuerpo pequeño de miembros robustos, y los ojos enormes y redondos, saltones y muy negros.

Al principio de nuestra historia, no sabía ni leer ni escribir,

*Existe una historia muy original y curiosa: es la historia de Volflorindo... Esto ocurrió hace muchísimos años, cuando los hombres llevaban peluca de apretada coleta, las mujeres morir aquí, y se viajaba en diligencia.*

porque aún no le hacía falta, pues no le gustaba leer el diario ni escribía a ningún amigo, porque no lo tenía.

Parece que no sea un personaje interesante, pero lo es muchísimo. Ahora sabréis por qué...

Eran las doce de la noche. La luz de la bujía iluminaba la fragua del herrero Mots. En casa del herrero todos dormían, por lo tanto no pudieron ver que en la fragua había luz.

Quien había encendido la bujía era Volflorindo, que pensaba descubrir muchos secretos a aquella hora. Se acercaba a gatas con la bujía en la mano. Daba miedo verle con su cuerpo menor que la cabeza y sus ojos redondos y salientes como los de un tragabolas.

Se acercó despacio al yunque y se medio ocultó entre los sacos permaneciendo muy quieto.

Luego observó a todos. Le pareció que todos los objetos se miraban unos a otros, disgustados de tener que interrumpir sus juegos y sus danzas nocturnos por cohibirles su presencia.

El chico al fin se levantó y se acercó a las parrillas y a las tenazas, que estaban fabricadas hacía mucho tiempo y nadie las compraba per ser muy defectuosas. Se subió al banco y empezó a hablarles de la siguiente manera:

—No os estéis ahí colgados. Yo he venido para veros, precisamente, de manera que no dejéis de divertiros. Quisiera que me dejaran ver siempre lo que les pasa a las cosas y objetos por la noche.

Las tenazas miraron de reojo al tridente y a la sartén con el rabo cubierto de telarañas.

Las llaves que estaban destinadas para ser arregladas dieron dos patadas y se rompieron los dientes. Entonces los objetos de hierro se enfadaron y le miraron furiosos gritándole todos a un tiempo. Y tenían unas voces tan de cacharro roto que Volflorindo se les rió en sus mismas narices. Las tenazas le dieron dos patadas en la nariz y en los dientes. Volflorindo se las frotó y las tinajas más cercanas salieron en su defensa:

—Es un chico muy simpático… ¿por qué no dejarle que nos vea?… Además, las llaves se hicieron daño solas…

—Está bien —dijo el tridente—, pero que no cuente nada, porque entonces el herrero nos fundirá de nuevo porque dice que nos estropeamos…

—Yo no cuento nada —dijo Volflorindo.

Y se sentó en un rincón mientras los demás se entregaban a sus acostumbradas diversiones.

Las tenazas bajaron del clavo. Se subieron en el yunque y comenzaron a bailar el «claquet» y al acercarse al chico le daban un pellizco y le decían con ojos de basilisco:

–Toma rabia, por intruso y curioso... –O bien–: Ignorante, ni siquiera sirves para atizar el fuego...

Decididamente, las tenazas eran antipáticas y cursis, y el ruido resbaladizo que producían al bailar sobre el yunque le producía dentera. Se acercó a los dos tridentes que estaban sobre el gran fuelle de la fragua.

El tridente mayor, que se las daba de sabio, le preguntó:

–Y tú ¿qué sabes?, ¿para qué sirves?

El tridente pequeño, que era gordo y bajo y se reía de medio lado, no le dejó contestar.

–Estoy seguro de que no sirve ni para pinchar. Un primo mío que era tenedor de pescado y había estudiado para cucharón, se llevó un disgustazo porque cuando lo fundieron, en lugar de hacerlo un cucharón como él soñaba, era tan poca cosa que lo hicieron un candado.

–Se oyen cosas muy raras. Yo tuve una tía que fue jofaina del rey Luis XVI –dijo el más alto–, y enseguida los pajes la agujerearon para gastar una broma al rey. Ahora está comple-

tamente agujereada porque una vieja la recogió de la basura y la hizo colador...

En vista de que no podía hablar nada, Volflorindo se marchó a otro rincón. Las llaves le preguntaron:

–¿Sabes nuestra vida? Primero fuimos llaves nuevas, después envejecimos, y después vinimos a arreglarnos. Seguramente acabaremos siendo bolitas para que los niños jueguen en la calle al «guá». Verás, pertenecemos a una portera y sabemos muchas cosas. La Sra. Cazurra no se preocupa si su cama está sin hacer, y jamás barre el piso. La vecina del cuarto piso no se lava el cuello más que los domingos, y eso si va al teatro. Los pucheros nos lo contaron, una vez que vinieron prestados.

–Sois tontas –les dijo Volflorindo.

*Volflorindo era el hijo de un herrero. Cuando nació era tan guapo que en vez de llamarle como pensaban, Narciso, pensaron ponerle un nombre muy refinado y bonito. Y a fuerza de pensar y pensar decidieron llamarle Volflorindo.*

Y se fue a las tinajas. La mayor le miró con verdadero pasmo.

—¿Por qué tienes los ojos redondos? –le preguntó.

La menor, asimismo, le dijo:

—¿Y por qué eres tan feo?...

El chico les escupió en el fondo. Las tinajas se callaron y vomitaron su saliva, muertas de asco.

Volflorindo se sintió aburrido allí. Casi todos eran orgullosos, tontos, o antipáticos.

Sin embargo, había hallado lo que buscaba: un Mundo Ignorado.

Salió de allí, porque los primeros rayos del sol iluminaban ya el borde de las ventanas de la fragua. Volflorindo descubrió muchos mundos. Y entonces aprendió a escribir, para poderlos escribir todos y enseñarlos a todos los niños del mundo.

Pero siempre tuvo escondidas sus cartas dedicadas a los niños, en un viejo desván, sin que nunca pudiera leerlas nadie. Ahora han llegado a nuestras manos. Más adelante, veréis cómo.

Por de pronto, leedlas y ya me diréis si os gustan.

## I carta

*Villaflora de Arriba*

Hoy, he pasado por el campo, y he llegado al basurero. También allí hay cosas interesantes.

He mirado cómo una muñeca vieja y estropeada buscaba algo en una lata de tomates vacía. Primeramente me ha mirado solamente. Después, me ha sacado la lengua.

– ¿Qué buscas ahí? –le he preguntado.

– Nada… No te importa.

– ¡Qué sucia eres!… ¿Por qué tocas eso, sucia, más que sucia?…

– ¡Cállate!… Si me vuelves a llamar sucia, no te enseño esto…

A mí me ha entrado curiosidad. Y le he dicho que me lo enseñara. Tenía verdaderos deseos de ver un basurero.

– Pues ven... –me ha dicho.

Los dos, yo a gatas y ella con su pierna (porque sólo tiene una) y su muleta, que es una ramita, nos hemos acercado al estanque. El estanque es un charco de agua sucia, y una familia de escarabajos se paseaba en su barca, que era un zueco.

– Ése es nuestro estanque. Hemos formado una ciudad en este estercolero. Tenemos incluso nuestro teatro. Ven y verás...

Nos hemos acercado a un lugar algo apartado del «estanque», y nos hemos encontrado frente a una herradura vieja. Los asientos de palco son los clavos. La platea es el centro de la herradura, en donde hay colocadas unas diminutas setas. Son las butacas. Después, enfrente, justo en el extremo, está el escenario, que es una caja de cerillas con cuatro alfileres en las esquinas, de los cuales pende un telón, que es un volante de un antiguo traje de muñeca. Los focos son unas flores que todos conocemos: campanillas. Dentro de ellas se meten los empleados del teatro, que son luciérnagas, y proyectan su luz desde allí al escenario.

Pero aquél sólo es el teatro de los insectos, de los muñecos muy pequeños, de los lápices, y otros objetos por el estilo. «Los lápices –diréis vosotros– son muy grandes...» Pero es que

los lápices que van a parar al estercolero son muy pequeños, inservibles ya, ¿comprendéis?...

—Para los personajes mayores tenemos otro teatro —ha dicho la estropeada muñeca.

Es un escritorio viejo muy bonito. Claro que no está entero. Es solamente la parte de encima. En los cajones se visten los actores. Son los camerinos. Después, en el lugar donde se escribe, están las butacas, que también son setas, pero de tamaño mayor que las otras, y luego, en el hueco de forma cuadrada del centro, está el escenario. Con serpentinas viejas han tejido un telón de colores descoloridos. Los focos no son lu-

ciérnagas porque no es su luz bastante potente. Han recogido los rayos de luna en una botella y echan un poco en el escenario al empezar la función y luego, al terminar, los recogen y los guardan otra vez.

—Ahora te voy a presentar a los habitantes de este país –ha dicho la muñeca.

Son un conejo de trapo con el rabo arrancado. Mejor dicho: no tiene rabo. Lo perdió porque se lo pillaron con la puerta y enseguida lo arrojaron allí. Vive en una cafetera vieja y sólo sale los domingos, al teatro, porque es muy estudioso y los demás días estudia; hay también un soldado de plomo que tiene roto el sable, pero que conserva muy bien retorcidos los bigotes. Perteneció a un regimiento de infantería y es el único superviviente de aquel glorioso ejército. Ahora se dedica a tenor y a actor y a barítono, y a todo.

El otro día representó «Tosca» y si no le llega a dar tos le hubiera salido muy bien. Me han dicho que promete mucho. Yo no sé él qué prometería, y se lo he preguntado. No me ha contestado. Hay además una muñeca vieja más pequeña que la que me sirve de «cicerone». No tiene ni cabello ni ojos. Padece de parálisis funcionante porque se le estropeó la cuerda y no se

mueve ya. Lástima, porque con otra cara no sería fea del todo. Los demás son todos insectos y lápices.

De pronto ha venido una lluvia de estiércol que lo ha dejado en tinieblas todo. Como he podido, me he puesto de pie. Ya no quedaba nada. No sé cómo ha podido desaparecer todo lo que hacía un instante había contemplado yo. Solamente la muñeca coja yacía en tierra mirándome con sus ojos despintados medio sepultada en la tierra.

He venido corriendo a la herrería y he escrito la primera carta. Esto es todo lo que sé de los estercoleros, pero no comprendo lo que me prometía el soldado de plomo.

Hasta mi nuevo descubrimiento,

VOLFLORINDO MOTS

## II carta

*Villaflora de Arriba*

Cinco días he estado buscando otro mundo desconocido. Ya lo he hallado y os lo voy a referir.

Uno de estos días, mi padre me vio en la herrería examinar

la cueva de un ratón. Me cogió de una oreja y me dijo que ya era muy grandullón para hacer el vago.

—Mira Volflorindo —me dijo—, no sabes ni una letra y toda la gente del pueblo me echa en cara tu poca cultura. De manera que de hoy en adelante irás a la escuela del pueblo.

—No —le dije—, no será verdad, padre. Yo no quiero ir a la escuela porque tengo algo en qué ocuparme más interesante. Además no me hace falta.

—¿Qué estás hablando?... ¡Si no sabes ni el ABC!...

—¿Que no?... Pues mira: en este trabajo en que me ocupo he aprendido a escribir y a leer, pues me hacía falta, para escribir mis cartas.

Mi padre se quedó muy sorprendido al ver que, verdaderamente, sabía ya escribir.

A pesar de todo, me cogió nuevamente de la oreja y, sin ningún miramiento, me metió en mi cuarto con un montón de libros y de cuadernos, y de lápices y de plumas y, en fin, de todo lo que se necesita para pasar una tarde en el infierno.

Me ha dicho que he de hacer problemas y números toda la tarde. Después ha salido, ha cerrado la puerta con llave y se ha marchado, dejándome nada menos que preso. Yo estaba furio-

so. ¡Vaya un estado de ridiculez en que me hallaba!... Mi primera intención fue huir por la ventana en busca de mundos. Cuando iba a bajar me ha parecido muy alta. Además el revólver de mi cintura no es de verdad.

Cerré la ventana y me puse a hacer números y números... los problemas; las raíces cúbicas, las divisiones, las multiplicaciones y todo, dan dolor de cabeza y de garganta. Yo no podía más. Los números danzan ante mis ojos y por todas partes. Me laten las sienes... los números vuelven a danzar. Ahora están encima de la cama.

Las multiplicaciones forman castillos inmensos que parece que se derrumban. Los ceros sacan la lengua. Unos ochos se

han cogido de las manos y ejecutan rarísimos saltos sobre la mesita de noche.

¿Tengo miedo? ¡No, ni mucho menos!... He descubierto un nuevo mundo. ¿Es cierto lo que ocurre?... ¿O es mi imaginación?... Es otro mundo que se extiende ante mis ojos. ¿Será verdad?... Sí, claro que sí. No cabe duda. Aprovecharé los momentos. Si no, los números volverán a ocupar su puesto y todo se evaporará como el humo.

Me acerco a ellos. Ya me he fijado que el nueve impera allí. Por eso me dirijo a él. Tiene cabeza, que es lo importante. No como el seis, que tiene la cabeza en los pies, ni el ocho, que tiene dos y es un enredón...

En efecto; el nueve es serio y muy interesante. Salta sobre su único pie de manera elegante y ligera.

–Buenas tardes, don Nueve. Yo quiero que me cuente algo de sus vidas si no le molesta.

–Con mucho gusto. Vivimos en el País de la Tabla de Multiplicar y nuestro dios es Pitágoras.

–Tanto gusto... –«mira qué mono», he pensado.

–Pitágoras fue un gran hombre. Creó nuestra nación. Se compone de varias ciudades. La ciudad del uno, la ciudad

del dos, la del tres, etc. Si quieres te podemos llevar allí. ¿Quieres?...

Al punto dije que sí. Todo me salía a pedir de boca.

El seis, que tiene la cabeza en los pies, como el pobre es un tonto, empezó a reír.

—Pues bien —dijo el Sr. Nueve—, vamos. Ante todo haremos un carro entre todos nosotros.

Cogieron los cuadernos, y los números que yo había hecho saltaron de dentro de ellos y formaron un carro que parecía más bien una sartén con ruedas.

Una cosa os digo. Cuando os salga mal una operación en vuestro cuaderno, no la tachéis.

Los pobres números no pueden salir del cuaderno, cuando todos lo hacen. Están prisioneros en esa aspa que hacemos como en una reja o una cárcel. Pasan las moradas. Yo tuve que borrarles el aspa y salieron la mar de contentos. Para que no los

tengáis que tachar (los vuestros) los encerráis en un cuadro que es el Asilo. Una cosa así como el Asilo de San Rafael para los niños raquíticos. Así, cuando quieren salen por encima... no sé si lo explico bien pero me parece que ya lo entendéis.

Bueno, como decía, formaron un carro. Me senté dentro yo. Todo se sumió en la oscuridad. Atravesamos volando regiones invisibles para mí, a causa de la rapidez con que cruzábamos el espacio. De repente, descendimos con asombrosa velocidad. Se volvió a hacer la luz. No os podéis imaginar el espectáculo horrible que se ofreció a mis ojos.

Figuraos una ciudad numérica. Todo cubierto de números: casas de números, bancos de números, pájaros de números... Personajes que llevan en los ojos una expresión numérica. Van escribiendo por la calle. Aprisa, aprisa... andan veloces. Todos tienen lápices y papel en que hacen raíz cuadrada, raíz cúbica, ecuaciones, problemas de álgebra, teoremas... una vida horrorosa. Los espectáculos son congregaciones de habitantes que se entretienen en proponerse unos a otros problemas dificilísimos. El cielo es gris porque está nublado por tanta cantidad de números. ¡Odio a Pitágoras!... ¿Quién le mandó construir la Nación de la Tabla de multiplicar?...

El Nueve me llama:

–¿Qué te parece, amigo?

Yo no puedo decirle que me espanta aquello, porque su cabeza redonda que se sostiene sobre un flexible rabito parece muy satisfecha.

–Muy bonita..., preciosa.

Ya no podía más. Las sienes me latían más que antes y me dolía la cabeza como cuando me hallaba ante algún problema. Números, números... y volvía la cabeza y siempre números. Así, el Nueve y yo recorrimos de la mano aquellos lugares. De pronto, vi con asombro que mi compañero era tan grande como yo. Le pregunté la causa.

–Claro –me contestó–, ¿no ves que te hemos hecho pequeño?... Aquella rápida carrera no era más que disminuías velozmente de tamaño. Ahora nos hallamos en tu libro de Aritmética. Eres diminuto, Volflorindo... Has menguado...

–¿Incluso mi enorme sombrero? –le pregunté seriamente disgustado.

–Incluso el sombrero, amigo...

–¿Pero todo entero?... ¿Con pluma y todo?...

–Claro que con pluma y todo...

Esto es lo que más me ha apenado. Se trata de mi precioso

sombrero a lo Napoleón. Me lo trajo mi tío cuando fue a la feria, y me lo puse antes de comenzar el viaje.

—Lo que siento es el gorro, don Nueve...

—Sí, claro... ven, ven por aquí... Vamos a mi casa. Vivo en el $9 \times 3$. Mis balcones dan al 27... es magnífica.

Anduvimos por entre aquellas calles horribles. Al fin subimos por unos cuatros, que eran las escaleras, a la casa. Números y números..., allí no varía nada.

—Me gusta, don Nueve. Pero creo que es poca variación...

—¿Poca variación?... No, hijo, no... Verás: la casa de al lado

son sumas, multiplicaciones, divisiones y raíz cuadrada... La nuestra es raíz cuadrada, divisiones, multiplicaciones y sumas.

—Ah, claro... —dije distraído, porque no entendí nada. Además me preocupaba más la pluma de mi sombrero, pues no dejaba de pensar en ella.

Visitamos la ciudad. No hay en ella nada agradable... ¿Qué os diré?... Pues que los cincos son sillas de inválidos, los cuatros sillas y escaleras. Los seises tontos, y los ochos embrollones, como ya he dicho antes.

Yo no he podido contener mis nervios... Como tengo una cabeza muy grande y dura, me he puesto en medio de la plaza. He apuntado en todas direcciones y de pronto he comenzado a golpear todo. Dando empujones por todas partes con mi inmensa calabaza, saltaban los monumentos y edificios numéricos por el aire. Saltan, suben, se pierden. Unos se estiran, se estilizan. Luego se disuelven y parece que mis ojos ven con más claridad el cielo azul que se divisa desde la ventana de mi cuarto... La cama sigue en su sitio, con el cuaderno abierto sobre los libros amontonados. Todavía tengo el lápiz en la mano. En la puerta veo con terror a mi padre, que me mira con los brazos cruzados. Me voy escurriendo hasta ponerme detrás de la

mesilla. ¡Ah, pero me asoma la pluma del sombrero!... Hay que ver, ahora que me iría tan bien pequeña... Todo ocurre al revés.

–No creí que tuviera un hijo tonto, Volflorindo –dice la voz de mi padre–. Has estado haciendo desde hace una hora una serie de simplezas que me has dejado perplejo... Hablas solo, discurres, das cabezazos a la cama...

¿Qué querrá decir con eso?... ¡Si yo he estado en mi libro de matemáticas!... El caso es que me ha vuelto a encerrar con mis odiosos cuadernos. No he tenido más remedio que pasar toda la tarde en su odiosa compañía.

Se ha terminado esta carta, amigos. Ahora sólo os digo que podéis tachar los números cuando queráis. Son odiosos. Y parece que desde la cama me contemplan riéndose de mí... No me importa lo que ellos piensen, pero, eso sí, lo que me ha disgustado seriamente, es la disminución de mi sombrero, y sobre todo, de mi pluma.

Volflorindo Mots

## III carta

*Villaflora de Arriba*

No he tardado en hallar un nuevo mundo. Pasaba por el campo hacia el pozo, que está muy cerca de la herrería.

Llegué al pozo y se me ocurrió mirar hacia dentro. Apoyé mis codos en el borde mientras las puntas de mis pies se apoyaban en las salientes piedras. El agua del pozo me ha parecido magnífica. Tiene reflejos de oro pálido y destellos de diamantes que guiñan sus facetas. Sería precioso, ciertamente, visitar regiones como ésta: profusión de mundos cristalinos de reflejos de plata y púrpura. Refleja todo el cielo en ella, y aprisiona los matices rosados de las nubes bañadas de sol, y los débiles resplandores del crepúsculo, y hasta el mismo Apolo desciende a sus aguas. Y entonces todo el pozo queda bañado de luz de oro.

–¿Te gustaría venir, Volflorindo?...

Es cierto: el pozo me llama. Y yo me inclino tanto y tanto hacia él que, si hago el más leve movimiento, caeré dentro. Las aguas rozan, mojándolos, mis crespos cabellos. Y la voz susurrante vuelve a surgir de entre las aguas.

–Entra… Ven… No tengas miedo de ahogarte.

–¿Qué hay ahí dentro? –pregunto, dudoso.

La voz vuelve a sonar con acento misterioso y cálido:

–No te lo puedes figurar… ¿Recuerdas cuando Aladino descendió bajo tierra?… ¿Recuerdas aquellas descripciones magníficas del jardín maravilloso?

–¡Ya lo creo que lo recuerdo!… Cada noche, a la luz de las estrellas, leo en mi cama esa historia. Y ese pasaje me encanta.

–Pues bien… Ven, y verás con tus propios ojos algo maravillosamente parecido…

¡Si supierais lo que me he estirado!… Como que me he quedado colgado de la punta de mis zapatos en el borde del pozo… Y de pronto todo se ha hecho luz. Una luz tan intensa que me hiere los ojos.

«Estaré ya dentro del pozo», he pensado.

La insistente luz cegadora me volvió a hacer cerrar los ojos. Pero al cabo de unos minutos, mis ojos ya se habían acostumbrado. Y entonces…, ¡me es imposible describir lo que vi! Yo creo que si permanecéis un rato mirando al sol podéis tener una vaga idea de lo que es. Mirando al sol con los ojos entornados, veréis cien mil diamantes, de todos los colores, que se esti-

lizan y se encogen, y luego desaparecen para dejar paso a una legión de destellos rojos, que al acto se tornan en círculos de fuegos brillantes que giran con rapidez tornándose de pronto azules... O no, no, que son verdes, ¡qué van a ser verdes, si son rojos!... ¡No, que son amarillos!... Pues no, no son de ningún color porque han desaparecido y un chorro de oro viene a herir tus pupilas espantadizas.

Si habéis observado todo esto, tendréis una lejana idea de lo que yo veía en el pozo.

Cada vez eran más fuertes mis pupilas, y resistían aquellas llamaradas de luz de oro, de plata y de púrpura.

El agua me seguía acariciando la cara y los cabellos y era de un tono indefinido.

De pronto, todo se hizo oscuro... Me sentí descender rápidamente. Todo quedó nublado por una oscuridad intensa. Yo, como es de suponer, bajaba de cabeza, rígido, con los brazos apretados al cuerpo, las piernas en tensión y los músculos tirantes... Sonó un estruendo tremebundo. Como el que producirían dos rocas chocando una con otra. Sentí un dolorcito eléctrico y cosquilleante en la parte superior de mi redonda cabeza... ¡Ah!, es que habían chocado el fondo del pozo y mi respetable calabacín. Porque mi cabeza está sólidamente construida y reforzada, y está patentada contra choques violentos por una compañía de trenes. Una especie de parapeto o salvaguardia. Me senté y torcí los ojos. Enseguida me di cuenta del lugar. Era el fondo del pozo, una estancia redonda, de piedra, de paredes altísimas, altísimas, y lejos, muy lejos, un destello de luz. Era la boca del pozo. Sentí que me cogieron de la coleta.

–¿¿Eeeh??... –interpelé con muy poca amabilidad.

–Nada, hombre, nada –sonó una voz a mi espalda–. ¿Cómo has venido?

Me volví. Vi a un personaje extraño. Era un hombrecillo de una estatura como la de un lápiz nuevo. Tenía barbas larguísimas que le arrastraban por el suelo, y se le rizaban maravillosamente, y vestíase con una cola de pez. Cubría su cabeza un gorro que no era otra cosa que una antena de pulpo arreglada con la mejor intención en forma de tapadera para la parte más redonda de su cabeza.

–¿Quién eres tú?... ¿Qué ha pasado? –le pregunté en el paroxismo del mal humor.

–Yo soy el genio del país del fondo del pozo. Lo que te ha pasado, seguramente, es que has visto la luz primera, que es la

reflejada en la parte de arriba, pero, a medida que has ido cayendo, te has encontrado con el pozo, tal como es.

–¡Atiza!... Pues sí que me he lucido –dije.

–Nada de eso... ¡Quia, ni mucho menos!... Mira: hace tiempo que no puedo hablar más que con los peces que hay por aquí, o con las telarañas de la parte superior. Estoy verdaderamente aburrido. Así que me vienes de perilla, chico... Como lo oyes: ¡de perilla!...

–Oye tú..., ¿no puedes hacerme subir a la Tierra?... Porque vamos, comprenderás que...

–Claro, claro, entendido... Pero no quiero, no, no... ¡Necesito hablar con alguien!... ¡Hablar, hablar, qué delicia!... ¡Mi más cara ilusión!... ¡Hablar!...

–Hombre, pues yo soy mudo.

El genio me miró muy serio. Carraspeó y me dijo poniéndose bastante coloradito:

–Yo seré algo tonto, no lo niego, de tanto estar aquí, pero vamos, no tanto como para dejarme tomar el pelo...

Claro, por eso lo tiene tan largo.

–Pues entonces –dije con aire resignado, pues al mismo tiempo me di cuenta de que descubría un nuevo mundo– enséñame un poco esto...

habla el pez catedrático... ¿oyes?... / he, tú, donde estas?...
¿pero que pasa?... ¿¿ hace ??... ¿ oyes, oyes ???.../// genio, Jenio///
...(anda pero si mi padre me ha cojido del cuello de la camisa)...
que cosas mas raras me van a pasar a mi; a mi precisamente
— ¿ pero esque no sabes que no quiero que te asomes al pozo

  –Ah, muy, pero que muy bien. Ven, mira, ¿ves ese agujero de la pared?... Pues bueno, ahí, vive un pez que es catedrático y lleva lentes...

  –¡Ah! ¿Lo ves?... Con él puedes hablar...

  –No me habla nunca, tonto, ¿no ves que es muy sabio?...

  –¿Y los peces sabios no pueden hablar? ¿Son mudos?...

  –No..., no hablan, porque..., porque no...

  –¿Ni siquiera cuando tiene que dar un discurso?...

  –No sé..., eso no lo sé..., pero me parece que no da discursos... Verás, aquel rincón, está habitado por una pelota que tiraron unos niños. No sé, pero verás: es muy misteriosa. Como que me paso la vida tratando de hablar con ella y aún no ha dicho ni «pío»...

  A mí me parece que si no es un pájaro no puede piar. Pero a él no se lo he dicho para que no se enfade, aunque lo pienso.

  –Conmigo hablará, ya lo verás –le dije.

  Lo dudo... Pero claro, nada cuesta probar...

  –Pues ya verás, don genio...

  Nos dirigimos allí. Era una pelota descolorida y con un gran roto que casi casi la partía en dos. Me acerqué a ella.

–Oye tú –le dije–, ¿cómo te llamas?... Contéstame, que soy Volflorindo...

Y entonces, la vieja pelota me miró con alegría.

–¡Anda!... Pues si es nada menos que Volflorindo... ¡Digo!... ¡Ya lo creo que hablaré! –exclamó gozosa.

–¿Ves?... Pues ya has hablado. –Y le dije al gnomo que me miraba asombrado–: ¿Lo ves tú también?... Conmigo hablan todos los objetos y seres inanimados, al parecer de los hombres...

–Sí, sí, ya lo veo... Y continuemos: ven, mira..., ¿ves ahí esa jaula rota?... Pues la tiraron unos vagabundos...

–Lo que no comprendo –le interrumpí– es cómo ha podido llegar al fondo, igual que la pelota, sin flotar...

–¡Caramba!... ¡Si hubieras visto el ladrillo que les pusieron dentro!...

–Ah, ya...

Y el continuó con aire importante:

–Pues, como iba diciendo, esa jaula es la cárcel, pero nunca encerramos a nadie...

–Oye, y tú..., ¿para qué estás aquí?

–¿Yo?... Pues mira, para formar las ondas en el agua, cuan-

do los chicos tiran piedrecitas y trozos de navajas rotas, o, en fin, cualquier cosa, y también para responder cuando llaman: soy el Eco…

–¡Ah!… ¡Qué interesante!… Pero lo que no llego a comprender es por qué no habla el pez catedrático… ¿Oyes?… ¡eh, tú, dónde estás?… ¿Pero qué pasa?… ¿¿eeeh??… ¿Oyes, oyes?… ¡¡¡Genio, genio!!!… (anda, pero si mi padre me ha cogido del cuello de la camisa)… qué cosas más raras me van a pasar a mí, a mí precisamente.

–¿Pero es que no sabes que no quiero que te asomes al pozo, Volflorindo?… ¡Digo!… ¡¡Si te estabas cayendo!!… Únicamente te sostenías por la punta de los pies…

Sí, sí, pues es mi padre…, y me parece como si despertara de un sueño…, estoy en el campo, y saliendo del pozo. Mis cabellos, la frente y parte de la nariz están mojados, y oigo el terrible vozarrón de mi padre que, camino del pueblo, me dice:

–No sabes el susto que he tenido al verte... A poco te caes dentro... hablabas solo, y ponías unos ojos que parecía que vieras algo anormal... ¡Cuando yo digo que mi hijo es tonto!

No me importa lo que piensen los demás. Yo he entrado al pozo y lo que no puedo saber es por qué no hablan los peces catedráticos.

Muchos recuerdos de vuestro

VOLFLORINDO MOTS

## IV carta

*Villaflora de Arriba*

Si por un momento os metéis en la despensa sin que os vean sus habitantes, podréis sorprender otro nuevo mundo.

Yo me metí de puntillas, y detrás de unos estantes llenos de cacharros pude observar hasta los menores movimientos de todos.

En cuanto dieron las doce, la pierna de cordero al horno gritó con voz melancólica:

–¡Oh! ¡Qué desdicha!... ¡Y pensar que fui en mis buenos tiempos un muslo magnífico... Da rabia pensar que tengo que convivir con estos vulgos personajes...

–¡Eh, tú! –dijo ofendida la jarra de leche–. No hables así, que te puede costar caro... ¡Vamos hombre!... ¡Qué tono se da el niño!... Y total, ¿qué?: ¡un pobre muslo!...

–Tienes razón, doña Jarra. Es un simple muslo –contestó su comadre la señora pimentera–. Y ambas, que son dos murmuradoras de profesión, continuaron su interrumpida conversación, que, naturalmente, era despellejar a todos sus compañeros de despensa.

–Pues sí, sí –decía la una–, no te fíes ni del porrón ni del curioso salero. El porrón es un borrachín que se burla de todo el mundo y siempre anda tambaleándose. En cuanto al salero... de lo más malintencionado. Figúrate que el otro día se hizo pasar por el azúcar e hizo que la cocinera echase sal en el pastel de manzanas... ¡Qué gente más groscra!...

–Ya lo creo, ya –contestó la otra–. Pero yo, sobre todo, no puedo sufrir al porrón. Siempre con su narizota colorada al aire, y diciendo impertinencias...

Ellos las oyen y se ríen la mar de divertidos. Se van del brazo a hacer rabiar a las galletas y a reventar los huevos...

Ahora comprendo yo muchas cosas. A veces, si se ha vaciado repentinamente el azúcar, o si está mordido el chocolate, o si se ha vertido la mermelada, me echan a mí la culpa. Y aunque yo grite «¡Que yo no he sido!» me llaman mentiroso y me tiran de las orejas. Ahora comprendo que, con unos personajes que se pelean tanto, se rompa todo...

Unos langostinos bailan el minué sobre una cacerola bruñida, vuelta boca abajo. Más lejos, las tazas juegan al «globo», y la tetera se abriga en su funda. Como es tan vieja tendrá frío. Como que está en casa desde antes de nacer yo. Como que siempre la he visto. Tiene un agujero en el fondo pero mi padre la arreglará en cuanto tenga un poco de tiempo, y a los cuchillos también... Por cierto, que éstos y las cucharas están jugan-

do al «golf» con las aceitunas. Los tenedores tienen envidia de los cuchillos por haberles quitado sus parejas... Es inútil que las cucharillas pasen y repasen por entre los tenedores, porque ellos no les hacen ni pizca de caso por ser todavía unas niñas. Pero luego, mi padre las fundirá, y las transformará en soberbio Cucharón, que es el rey de la Ciudad Cubiertil.

Las galletas son melindrosas y afectadas. Por cualquier cosa se rompen. Yo, si alguna vez las toco (no por nada, sólo por verlas, ¿eh?), pues ¡zas!..., se rompen las muy tontas y se creen que me las iba a comer. ¡Cosa más cursi!... Hablan de estar rellenas de mermelada. Dicen que es la última moda. Las naranjas, peleándose con los limones, van y tiran el azucarero y ¡cataplum!..., viene a destrozarse junto a mí. Ya me veo el sermón y los tirones de orejas. Y mientras pienso con resignación en lo comprometedores que son, voy recogiendo con mi dedo índice, mojado en saliva, los granos de azúcar que se desparraman por el suelo.

Y entonces me han visto y me miran muy contrariados. El porrón, con su habitual insolencia, me dice:

–¡Vaya!... ¡Y que no habrá de estar aquí el cabezota de Volflorindo!...

–Sois unos tontos –y les saco la lengua–, ¡feos, negros!...

–¡Vete de aquí, curioso!

–¡Siempre metiéndote donde no te llaman!...

–¡Anda! ¡Largo de aquí!...

–¿Qué?...

–¡¡Que largo de aquí!!

–¿Y eso qué es?...

–Este chico no está bien...

–¡Que te vayas, que te marches!... No queremos espectadores...

–No os importe, mirad... ¿Veis?, me tapo con el saco pero ¡me gusta tanto veros!...

He sentido una lluvia de avellanas. Me he arrinconado. Y cogiendo los cacharros uno por uno, los he ido haciendo añicos, estrellándolos contra el suelo. Las Consecuencias me

esperan..., ¡qué antipáticas son!... Deben de ser viejas y miopes... Me voy con dos chichones... y... a ver si me libro de las Consecuencias...

VOLFLORINDO MOTS

## V carta

*Villaflora de Arriba*

Yo no sé qué será, pero lo que es ahora...: ¡encuentro Mundos a cada paso!... Vamos, veréis:

Estrenaba yo un chaleco nuevo. Y me había puesto mi flamante sombrero con su más flamante pluma, después de ceñirme a la cintura el colosal sable que me ha hecho papá. ¡Y que no estaba poco guapo!... Me miré en el espejo. Bueno, decididamente es que hay tipos napoleónicos..., no se puede remediar. No, si es que no es más que rectificar ligeramente unos pequeños detalles. Achicando un poco la cabeza y los pies, agrandando el cuerpo y desachatando las narices, soy el tipo ideal... Y el que no se da cuenta es porque no quiere. Pero

vamos al grano. Apoyé la frente en el espejo. ¿Qué pasó entonces?... No lo sé decir. El caso es que, poco a poco, me creía ver internando más y más al espejo..., y me encontré dentro de él. ¡Figuraos! ¡Un mundo nuevo! ¡Y donde menos se lo piensa uno!... ¡Digo! ¡Y a través del espejo!... Bueno, pues, naturalmente, empecé a examinar todo aquello.

Igual que en mi cuarto. Igual, igual... ¡Exacto!...

Oí, de pronto, un ruido extraño. Empecé a escudriñar. Me dirigí a la puerta y la abrí. Y en vez de encontrarme en el cuarto de mi hermana Julita, me encontré en un jardín. Allí había multitud de enanos, elfos, duendecillos, silfos y gnomos. Todos ellos llevaban unos diminutos botes de pintura, que contenían una pintura extraña y brillante de un tono indeciso. Al cabo de unos minutos de contemplarlos pasmado y boquiabierto me fijé en que tres de aquellos diminutos personajes lloraban desconsoladamente. Había allí cinco gnomos, cuatro duendecillos, una sílfide, dos elfos, siete enanos y dos silfos. Los que lloraban eran la sílfide, un elfo, y un duendecillo. Me dio bastante pena, y me decidí al fin a acercarme a ellos. En cuanto me vieron se quedaron muy sorprendidos. Les expliqué lo que me había pasado.

–¿Y a qué te metes aquí? –me preguntó un enano barbudo vestido de rojo.

–¡Anda!... ¡Pues si ya te he dicho que fue sin darme cuenta!... Oye, ¿y ésos por qué lloran?... –le dije.

–Mira, Volflorindo, ya estamos hartos de ti. Te estás metiendo demasiado con nuestros mundos, y ya te vas enterando de muchas cosas que no te importan.

–Hombre, una idea: dame pasaporte...

–Eres tonto.

–¿Por qué?... No tendría nada de particular...

–No, si cuando yo digo que eres tonto...

Les di entonces unos caramelos que me encontré en el bolsillo. Se alegraron una barbaridad y se volvieron la mar de complacientes y simpáticos, prometiéndome enseñarme muchas cosas.

–Ahora verás –me dijo un duendecillo–. Estos que lloran, nos sirven para que, con sus lágrimas, llenemos estos potes y, juntándolas con esencia lunática, que la recogemos con telas de arañas, fabricamos esta pintura.

–¿Y cómo recogéis la esencia lunática con las telas de arañas? –pregunté la mar de interesado.

–Pues muy sencillo. Verás: nosotros avisamos a las arañas. Ellas tejen sus redes y las tienden. Luego, cuando la luna sale por la noche a pasear por el jardín, se le engancha su manto de rayos en las redes. Entonces las arañas le chupan la esencia y cortan con unas tijeras unos trozos de rayo. La luna se enfada una barbaridad. Se esconde poco a poco, porque de tanto como le cortan, se queda hecha una lástima... A la noche siguiente, aún está rabiosa, y aparece roja. No sé si te habrás fijado pero hay algunas tan atrevidas que no se contentan con cortarle el manto, sino que le cortan trozos a ella misma. La pobre va disminuyendo, un poco cada noche..., hasta que, poco a poco, vuelve a recuperar su antigua forma. Los sabios de tu país le llaman «cuarto creciente» y «cuarto menguante» o algo parecido... ¡Qué sabrán ellos de eso!...

Luego me llevaron al cuarto del espejo. Con aquella pintura, pintaban el espejo para que conservase aquel brillo y no viéramos los de la Tierra que era un simple cristal, por el cual se podía uno trasladar a un Mundo ignorado. Aquellos seres eran los encargados de tener la habitación bien exacta a la mía. Ellos, bajo el poder de aquella pintura, eran invisibles, y en cambio, las personas que se miraban en el espejo, se veían allí

reproducidas, gracias también a la mágica pintura. Era una cosa curiosísima.

—Oye —le digo a un silfo—, ¿y no se cansan de llorar ésos?...

—Eso es lo que nos tememos, que se cansen..., ¡y se van cansando!...

—¿Qué hacéis para que lloren?...

—Les leemos unas «Divertidas Narraciones Instructivas»...

—Ah, ya... entonces claro.

—Sí, pero a la próxima nos van a pegar...

Pues tiene muchísima razón. Yo creí que la Geografía decía un poquito la verdad, pero ahora veo que todo son patrañas. Y le volví a preguntar:

—¿Y qué hacéis con los rayos?...

—¡Ah, sí!... Como te decía, las arañas nos venden la esencia condensada. Desde luego, carísima, porque son muy comerciantes. Los rayos, se los venden aún más caros al duende Viajante. Y éste se los vende a los Juguetes del Estercolero para que hagan teatro...

—¡Ah, sí!... ¡¡Es verdad!!... ¡Ya me acuerdo!...

—... Y luego, ellos, cuando están muy usados, los médicos los encuentran, los zurcen, y les sirven de rayos X...

–Ya… pero oye, ¿para qué queréis esa pintura?…

–Ven, y lo verás.

Fui con ellos y vi cómo en unas florecillas campanilla fabricaban la pintura, mezclando las lágrimas con esencia lunática.

–Claro…, pues yo tengo en casa una máquina llorona…

–¿Síííí?… –todos se quedaron boquiabiertos.

–Sí, sí. Mi hermana Julia. No tengo más que deshacerle los rizos, o esconderle las tenacillas, o tirarle por la ventana las cintas de colores que colecciona en una caja de paja…, ¡y ya está llorando!…

–¡¡Qué suerte!! –dijeron a coro.

–Sí… Y también si le arranco los botones de su vestido azul, o si le mancho de tinta los zapatos…

–Pues nos podrás solucionar un problema, chico…

–Eso pienso… ¿Sabéis?…, ¿eh? ¡Eh, duendes, eh!, ¡¡¡oíd!!!… ¿No me veis?…, ¿qué pasa?…, ¡ay, ay!…

Todo daba vueltas a mi alrededor, a impulsos de unas sacudidas propias de Julita… y me encontré como siempre que se acaban mis viajes: de una manera que no me la explico… Y como que ya no había ni duendes, ni silfos, ni nada, y tenía que coger mis libros y mis cuadernos, pensé que lo mejor era

contarle mi viaje a Julita. Se lo dije y la muy tonta se rió de mí.

—Tú ves unas cosas muy raras —me dijo—. Te pasas las horas quieto, delante de cualquier chisme, y luego me cuentas cada mentira...

Los que ven cosas raras son ellos, que cuando no saben una cosa, ni siquiera se la saben inventar.

No, no es que yo me invente nada, que yo no cuento más que lo que veo, pero... Bueno, me despido por hoy.

Vuestro eterno amigo

VOLFLORINDO MOTS

## VI carta

*Villaflora de Arriba*

Contaría miles de cosas más, que ahora me doy cuenta de que, reunidas todas, forman pequeños mundos.

Vosotros también los podéis observar. En cualquier momento. No hace falta ser explorador de Mundos desconocidos, como yo.

En las mismas noches de lluvia, por ejemplo. Es algo estupendo. A mí, claro está, me sucede como os lo voy a contar.

Estaba yo en la cama. Desde lo más profundo de mi almohada, me pareció como si hubieran acudido multitud de genios que golpeaban con los nudillos los cristales de mi ventana.

—Sois los duendes del Oriente, ¿cómo os atrevéis a despertarme? ¿No sabéis que si yo quiero puedo encender mi bujía y a su luz desapareceréis como el humo? Seguramente, no sabéis que puedo llamar a Jivva, el ayudante de la herrería, que como no cree en vosotros, os hará huir como relámpagos. Idos, idos, antes de que cosas aún peores...

Me pareció oír cómo se burlaban de mí; y cómo me dijeron con sus voces, que son como el ruido de gotas de agua sobre los cristales:

—Somos los duendes del Oriente. Somos los hijos de la Lluvia y sabemos que te gustamos infinitamente, y que tú no nos cambiarías por nada.

Yo me callé y escuché cómo seguían golpeando insistente y desacompasadamente los cristales. Sus voces volvieron a oírse:

—Nosotros hemos visto las pagodas de marfil y porcelana verde, hemos admirado el Palacio del Hijo del Cielo con sus

torres puntiagudas de frágil porcelana, hemos bebido junto con los genios del bosque de pantallas, en la copa de cristal de roca más tenue que la brisa del mar, la Miel extraída de las Naranjas pálidas mezclada con el néctar de las flores del Lago y rociadas con el polvo de oro de las Uvas del Emperador, en donde flotaban los pétalos de las Rosas Rojas...

»Nosotros hemos visto transportar, sobre las espaldas brillantes y negras de dos de sus esclavos, al gran Rajá Kobi-alí-aribán, que posee diez mil esclavos blancos vestidos de raso azul y turbantes de plata, y diez mil esclavos negros como la pez vestidos de raso rojo y turbantes de oro. Tiene también esclavos de todas las razas y colores, todas ellas de una belleza asombrosa... y este gran Rajá vive en un palacio hecho de un solo rubí, y cuyas habitaciones están formadas de diamantes de una sola pieza. Tiene doce mil palanquines de plata y de marfil incrustados de esmeraldas y brillantes; siempre va sobre los lomos de elefantes blancos, o sobre sus palanquines. Y si tiene que bajar de ellos para algo, lo hace, pero para subir sobre las espaldas de dos esclavos (cada hora, de un color) y rodeado de incienso de rosas que queman sus esclavas, las cuales van asimismo en palanquines de madera de Áloe con

incrustaciones de marfil, sobre los hombros torneados y de color de bronce de cuatro esclavos mulatos. Los cien esclavos blancos que llevan túnicas de terciopelo negro y turbantes y fajas de seda roja, con sandalias de cuero del mismo color, le hacen la escolta, con otros cien esclavos negros, que llevan túnicas de seda blanca con fajas y turbantes de tisú de plata, con babuchas de lo mismo bordadas de brillantes. Y todos llevan antorchas de luces de mil colores que brillan más que el Sol de Estío.

»Pero te confiamos un secreto: ¡este gran Rajá no sabe andar!... Porque jamás sus plantas han rozado el suelo, sino que siempre fue sobre damascos de la Arabia, o en almohadones de brocado de plata, sobre las espaldas de color de pez de sus esclavos...»

¿Qué más dijeron?... No lo recuerdo. Seguían golpeando mi ventana de una manera tan agradable que me acurruqué entre mis sábanas; cerré los ojos, y... seguramente me quedé dormido...

Volflorindo Mots

## VII carta

*Villaflora de Arriba*

Los desvanes son muy propicios para mis exploraciones. En el desván hay una pelota, muchos baúles y cajas arañas [?] por todas partes y miles de cosas más. El otro día, subí a ver qué pasaba.

Está todo muy oscuro. Tanto, que casi, casi no se pueden distinguir los objetos. Se filtraban unos tenues rayos de sol por un resquicio del tejado. A causa de ellos, aparecían ante mis ojos, como una especie de pequeños focos de luz formando motas de polvo que bailan y se persiguen, y brillan como gotas de agua. Multitud de reflejos cristalinos y dorados, que no ayudan a ver nada, sino que dan un aspecto siniestro. Solamente, en medio de la oscuridad, dos potentes fajas de luz, como dos chorros de oro, atraviesan el techo y vienen a estrellarse contra un libro que yace en el suelo. Es lo único que se distingue.

...¡Anda!..., pues si no me había fijado..., ¡puf! ¡Y qué libro tan raro!...

Me incliné y lo abrí. ¡Era estupendo!... ¡Pero qué viejo!... Había un pirata pintado, y contaba la historia de un hombre que...

Pero de repente alzó la cabeza. Me miró con sus ojos cargados de pintura azul, y me sonrió con labios descoloridos, que en tiempos habían sido de un rojo subido. Salióse tranquilamente de la hoja, y se sentó en el borde del libro. Empezó a acariciarse su casaca azul prusia, llena de polvo.

—Soy el protagonista —me dijo.

Luego de echar una ojeada a su alrededor, continuó:

—Yo era un hombre que soñaba con tener muchas riquezas. Pero sobre todo esclavos. ¡Oh, sí!, ¡esclavos!, que obedecieran mis órdenes al minuto.

Y los tuve, ¡ya lo creo! Tantos, que con ellos formaba guirnaldas para decorar un jardín… Y con ellos formaba cascadas en los parques de un palacio. Porque los degollaba y su sangre era la que formaba mis cascadas y los ríos. Con esclavos alimentaba a mis peces y a mis leones. Pero llegué a tener tantos, tantos, que se rebelaron cotra mí y me mataron.

—¿Y cómo estás aquí? —le pregunté.

—Porque aquí estamos aún en el principio, hombre. Mira el final y me hallarás despedazado. Si tú miras el libro empezando por el fin, yo iré recorriendo mi vida, hasta ahora. Si empie-

zas por aquí, volveré a pasar toda mi vida hasta el fin. Cada vez que me leen, vuelvo a vivir toda mi aventura...

–¡Caramba!..., ¡qué cosa más curiosa!... ¿Y de manera que vuelves a sentirte despedazar cada vez que terminan de leer este libro?...

–¡Naturalmente!...

–Es horrible, ¿no?

–Horrible, claro.

–¿No podría hacer algo por ti?...

–No sé...

Me quedé un rato pensativo. Luego, me di una palmada en la frente y dije:

–¡Tengo una idea colosal!... ¿Qué te parece si te dejaba el libro abierto en la época más feliz de tu vida?...

A él se le animaron extrañamente sus ojos demasiado cargados de azul.

–Tienes razón. ¡Eres magnífico!...

Yo también estaba contento. Él se metió nuevamente en el libro. Entonces, comencé a hojear el libro, pero con buen cuidado de no abrir el capítulo de su muerte. Al fin encontré lo

que buscaba. Abrí el libro por donde hablaba de sus logradas riquezas, de sus sueños realizados, y se veía en una lámina, vestido como un gran señor, y paseando por sus jardines.

Pero oí una vocecilla que salía de las otras hojas. Y oí que decía:

–¡No, no!... Tú crees que ahí es donde soy más feliz... ¿Verdad?... ¡Pues no! ¡Te equivocas!... entonces no era feliz... Retrocede hasta las primeras páginas, donde hallarás una lámina en que hay un muchacho que, sentado en las rocas de la playa, contempla el horizonte azul, y sueña con llegar a ser un terrible pirata... ¡Entonces, sin saberlo, era cuando fui más feliz!...

Me apresuré a retroceder. Al fin hallé la lámina. En efecto, reconocí al pirata, pero muchísimo más joven. Como que si apenas contaría quince años.

Estaba sentado sobre unas rocas, con un codo apoyado en la rodilla y la barbilla en la palma de la mano. Tenía los cabellos rubios y largos, que flotaban al viento, y sus ojos miraban hacia el mar.

Volvió lentamente la cabeza hacia mí, me sonrió ligeramente y me dijo:

–Gracias.

Luego, volvió otra vez la cabeza hacia el mar y quedóse inmóvil.

No volvió a hablar y nada le hizo volver la cabeza. Nadie hubiera dicho que hacía un momento había sostenido con él una interesantísima conversación.

Incluso, hasta llegué a pensar si no había sido todo efecto de mi imaginación. Tal era el cambio operado en el pirata. Pero eso era una tontería, puesto que yo me acordaba de haber estado hablando con él hacía unos minutos.

Me levanté del suelo, de muy mal humor, y ¡salí! Terminé de una manera muy antipática aquel nuevo descubrimiento.

Sin saber por qué siento un raro malestar...

Vuestro siempre,

VOLFLORINDO MOTS

## Conclusión

Volflorindo veía y escribía según le impulsaba su imaginación. ¡Ah!, pero Volflorindo no os mentía cuando escribió sus siete cartas. No, porque él veía, o mejor dicho, creía ver lo que luego os contaba. Y todos lo creían tonto, pero no lo era.

Volflorindo creció, como todos los niños del mundo. Y Julita también creció. Volflorindo fue a estudiar a la ciudad cuando murió el herrero Mots. Y Julita también fue. Estaban en casa de una tía suya.

Pero Volflorindo no fue nunca más feliz. No era estudioso, estaba atrasado, y jamás fue nada.

Hasta que un día tuvo una idea luminosa. Hizo un lío con su ropa y se marchó, lejos, muy lejos...

Hasta que un día, divisó su aldea. Echó a correr hacia la herrería. Y la halló cerrada, vieja y vacía. A poca distancia distinguió su casa, del mismo modo. Rompió un cristal y subió a su habitación. Sintió una cosa extraña en su corazón y halló sus siete «cartas a los Niños del Mundo». Subió nuevamente las escaleras y se encontró en el desván. Un torbellino de historias acudió a su mente. Historias viejas y figuras evocadoras.

Se mesó los cabellos de un rubio blanquecino, que su coleta lacia y enflaquecida se negaba ya a sostener tirantes.

Y todo el desván le miró y le sonrió de nuevo. Como sólo sabía él que sonreían los desvanes.

—No estoy loco, ¿verdad? —les preguntó.

—No; no estás loco —y lo negaron todos, como niegan los desvanes.

Y nuevamente, vio sus países imaginarios, y nuevamente, los objetos le hablaron.

Volflorindo volvió a la ciudad. Pero ya no estudió más. Dio a conocer sus cartas, y siguió escribiendo, muchas, muchas más cosas. Vivió siempre feliz en medio de sus Mundos ignorados.

Sus cartas las leyeron muchos niños. Y ahora las leéis vosotros, ya que me han encargado que lo haga. Y ya me diréis si os gustan.

FIN

ANA MARY MATUTE

Barcelona, 1938

# Alegorías

*catorce años*

*Alegoría primera*
*Alegoría segunda*

# ALEGORIA PRIMERA

que trata de:

El Gnomo, El Estudiante y El Libro.

*Alegoría primera*

*que trata de El Gnomo,
El Estudiante y El Libro*

I. El Gnomo, El Estudiante y El Libro

Dormido como estaba, era como mejor se podía adivinar en su rostro la continua lucha contra el Hombre.

Era un jardín descuidado. Era una tranquila fuente animada de una cascada pequeña y riente. Y en el jardín olvidado, donde las malas hierbas y los zarzales crecían a su antojo, era donde habíase formado él.

Formar un Gnomo como él era cosa fácil. Los gnomos existen… podían existir si el Hombre, un ser brutal e incapaz de comprender esto, no se opusiera a ello. Y si el Hombre es así, es precisamente por «algo», y ese «algo» es esta historia. Y si ahora dijera el porqué, el Hombre no puede ya crear Gnomos, no tendría objeto escribirla.

Pero esto sucedió antiguamente, y este «algo» existía aún entonces.

El Gnomo dormido, lo habían formado el Jardín y el Niño.

Se había puesto los cabellos, de los destellos del sol sobre las hojas secas, mojadas por el salpicar de la cascada. Los ojos

*Pero primero, había nacido su espíritu. Era el tenue viento producido por el vabanceo de una florecilla silvestre que crecía descuidada y perezosa*

se los había propuesto regalar de dos gotas de rocío sobre la hierba verde...

Pero, primero, había nacido su espíritu. Era el tenue viento producido por el balanceo de una florecilla silvestre que crecía descuidada y perezosa entre la maleza.

Y aquel espíritu suyo formó el cuerpo de una ráfaga de brisa marina. La Voz era el chorro de la cascada. Y cuando la mano del Niño se interponía en él, se veía obligado el Gnomo a alargar la sílaba.

Despertó. Estiró sus piernecillas flácidas y apretó sobre el rojizo cabello el grueso volumen en que descansaba su áurea cabeza. Se incorporó y reconoció el descuidado jardín. Seguían trepando por el muro de la vieja casona la yedra y la esparraguera.

Las piedras cuadradas y verdosas por el musgo denotaban la humedad de que eran objeto. El tejado, medio hundido, era de tejas y madera.

Sus ojos escrutaron todo, y se sentó. Oyó el suave revolotear de una mariposa sobre su cabeza. Vio nuevamente el viejo

banco de tres patas, y recordó quién se solía sentar allí... Aquel recuerdo le hizo fruncir el ceño, y apretó más y más el grueso libro sobre su estrecho tórax.

Quiso sonreír, pero no pudo. No sentía la alegría de antes de partir al Mundo. Y se miró en el arroyuelo cristalino.

Había perdido la Juventud. No se reconocía. Su rostro, ajado y amarillo, cruzado de numerosas arrugas, había tomado un cierto gesto de humano. Más delgado, con el cuerpo desproporcionado a sus miembros famélicos. Solamente brotaba espesa y brillante la cabellera roja, porque La Fantasía del Niño, la había formado de destellos de sol tropical, y el sol no se afea nunca.

Oyó un suave murmullo de voces mágicas. Miró por detrás de un zarzal y vio acercarse a cuatro sílfides, de cabellos de sol débil y de ojos de Mar. Gritaban y le sonreían con sus bocas dibujadas con jugo de Flor de Loto, y venían tomadas de las manos, y volando sobre las Ondas de una voz humana.

Gnomo vio que se acercaban y sus miembros sutiles le rodeaban la cabeza, el cuello y los hombros. Pero no sentía ni un ligero roce, porque sus miembros eran de brisa marina, como los suyos.

—¿Quién sois? —les dijo, en un borbotón de la fuente (porque su voz era el chorro de la fuente).

—Tus Hijas —dijeron, y notó que sus voces eran las gotas que salpicaba el chorro de la fuente al chocar con la Tierra.

—¡Mis Hijas! —dijo, y notó que las gotas de rocío se le iban a caer de los ojos, y se quedaría ciego. Por eso no pudo llorar.

—¿Aún os acordáis del Gnomo?...

—Sí. Porque eres un héroe. Y como Nuestra Madre, la Sirena Azul, se convirtió al fin en espuma de las olas, es decir que murió, te esperábamos. Ella nos dijo que estabas obrando como un héroe, para la libertad del Mundo Nuestro.

—De Nuestro Mundo Fantástico que envidian los Hombres... y también las Sirenas —contestó, en un chorro de plata—. Os lo voy a decir... Fueeeee... ¿qué pasaaaaa?...

—Es el Niño, que pone la mano en el chorro, y alarga las sílabas de tus Palabras...

—Hubo un libro una vez, que lo escribió un Gnomo. Era el primer Gnomo, casi. Y eran las suyas unas poesías tales que, con sólo poseer ese libro, el humano que lo guardaba en su casa se sentía tan idealizado que le era posible vernos y oírnos, y aun superarnos en sutileza y belleza. De ahí vinieron los

..."es El Niño, que pone la mano en el el chorro y alarga las sílabas de Tus Palabras"...

*Cerca del mar viví un tiempo y entre las rocas, me enamoré de una Sirena...*

Genios Humanos, y éramos nosotros juguetes entre sus manos, y aún figurábamos en sus poesías y libros. Nos llegó a conocer el Mundo Entero, y sobre todo aquí, en Alemania, éramos célebres. Pero el libro sólo era de una generación. El primero que lo tuvo lo concedió a su primogénito, éste al suyo, y así sucesivamente. Mas llegó un descendiente pródigo, y necio, como vosotros, y entonces, fue arrancando hojas del libro y repartiéndolas por el Mundo. Con ello, podéis figuraros lo que pasaría. Nosotros éramos hasta burla de algunos, y fuente de oro para otros. Llegaron a creer todos que éramos pura fantasía, y los Genios Humanos se vanagloriaban y creían ser ellos inventores nuestros. Fue por entonces cuando yo nací. Cerca del mar viví un tiempo y, entre las rocas, me enamoré de una Sirena... Aún la veo –dijo cerrando los ojos y pasándose la mano por su marchita frente–. Eran sus cabellos negros y sedosos..., largos como nunca los vi, rizados como las plantas marinas... y tenían reflejos verdosos a la Luz de la Luna. Tenía los ojos azules. De ese azul-verde brillante que, fosforescente, me alucinaba. Y eran sus ojos tan magnéticos y hermosos, que su brillo me perseguía continuamente... Fue vuestra madre. Y cuando vio que el

Sol sólo os prestaba los cabellos y la brisa del mar vuestro cuerpo, y las flores vuestro espíritu, y el mar el color de vuestros ojos, se desencantó mucho. Y cuando yo partí hacia el Jardín donde nací, no quiso dejaros venir conmigo. Yo viví solo. Lejos de vosotras, oí de labios de un viejo gnomo lo siguiente:

»–El Abacero tiene dos hojas del Libro de La Dicha. Es necesario quitárselas. Pero a mí me conoce, de rondar por los estantes llenos de latas en conserva, y no me deja tocar nada. Sin embargo, no tiene noción de lo que valen esas hojas, y las tiene para envolver sus comestibles.

»Yo me deslicé hasta la tienda. Precisamente en aquel momento entraba el Estudiante, y pidió un trozo de tarta. El Abacero tomó un papel y lo envolvió. Se fue el Estudiante y, al instante, el Abacero, volvió a sus libros y a sus números, y otra vez volvió a prosperar el negocio que había casi abandonado, entregado a escribir y a recitar poesías.

»Y el Estudiante, en su lóbrega buhardilla, vio cómo, en el descuidado jardín, en medio de la Noche, se elevaban cabezas rizadas y ojos fantásticos rasgados y claros todos, y en su cerebro, un tanto idealizado antes de poseer la Hoja del Libro de la

..."cerca del mar viví durante algún tiempo, y entre las rocas me enamoré de una sirena"...

Dicha, veía con la imaginación exaltada por los ojos de su alma, que es como se nos ve, vuestras propias cabezas rubias que le sonreían...

Aquí, tuvo el Gnomo que llevarse las manos a los ojos, para no quedarse ciego. Con voz ahogada, continuó:

–... Y recordé al instante otros ojos iguales a los vuestros. Otros ojos azules de mar, que era lo que os regaló únicamente... me acordé de que, cuando me fui, me miraba con sus ojos fríos como las rocas, y con su sonrisa helada me dijo: «No te amo, Tanno»... No le contesté y desplegué mis alas de Mariposa, hasta rendirme en el Espacio... Y ella seguía mirándome con sus ojos claros y su sonrisa glacial. Yo me quedé entonces ciego. Volví atrás a tientas... Fue mi última súplica; y lloré porque ya me había quedado ciego.

»–Mírame... Por ti estoy ciego... No seas cruel conmigo... ¿Por qué no me quieres ya? ¿Por qué la Luz de tus maravillosos ojos no ha de ser la Luz de los míos?... Estoy ciego... Lo ves, por ti, por tu amor.

»Se calló un instante. A pesar de mi ceguera adiviné una sonrisa desdeñosa. Se burlaba de mí... porque ni siquiera era dueño de mis ojos.

»–Estoy enamorada de un tritón... Vete de aquí, ciego, que eres repulsivo... Y llévate a tus Hijas... –Yo me fui... No os traje conmigo... Aquí, recuperé los ojos con dos gotas de rocío que recogí una mañana en una hoja verde y joven... Pero ya sabéis el resto: ya, al enterarme de lo explotados y destruidos que estábamos, me fui en busca de Libros de la Dicha: fui joven. Luché por Nuestro Mundo y al fin pude recoger todo...

El Gnomo calló. Una débil brisa agitó las hojas y él suspiró. Sus Hijas se tendieron a sus pies.

El Gnomo miró hacia el banco solitario. El mismo pensamiento de antes acudió a su memoria. Lo señaló con la mano y preguntó:

–¿Está aún? ¿Todavía viene a sentarse aquí?... Decidme, ¿quién se sienta ahí ahora?

Sus Hijas le contestaron:

–Es el Estudiante de la buhardilla. Viene con sus libros, y siempre, siempre, cada noche se sienta unos minutos y estudia al claro de la Luna. Pero si ella se oculta tras unas nubes, él entonces no viene.

Él estiró nuevamente sus flácidas piernecillas y acarició el Libro. Luego sus ojos se encendieron y preguntó:

–¿Será el mismo Estudiante de mi juventud? No, probablemente no.

»Ha pasado mucho tiempo... ¿Será, en cambio, otro estudiante con las mismas aficiones?... Decidme, ¿nos conoce?...

–En un tiempo, sí, nos conoció... Eran entonces unos estudiantes soñadores y románticos... Luego, perdió la hoja; y se volvió completamente humano. Y perdió su belleza, para nosotras...

–Lo más notable del Estudiante de mis tiempos eran sus hermosos cabellos negros y ensortijados y sus ojos soñadores. Pero yo no quería que fuese soñador, y como no podía quitarle la hoja, procuré volverlo ciego y le quemé con Sol los ojos. Y sin embargo, él dejó de estudiar y se dedicó por entero a las ninfas y a las bellas sílfides que le rodeaban. Y aun ciego las veía con aquella imaginación portentosa que tenía. Porque para vernos, hay que tener una gran imaginación, pues si no a los humanos no les parecemos seres, ni creen en nosotros, ni siquiera piensan nunca que podamos existir... Y para esto luché, y vencí..., y aquí estoy, con el Libro de la Dicha completamente lleno, y sin un solo hombre en la Tierra que nos conozca..., o nos recuerde, al menos.

Siguióle un largo silencio, tras el cual se oyó una especie de melodía tan divina que el Gnomo quedó un momento suspenso, como embargado de una emoción extraña.

–Será la brisa que mueve las flores y produce una suave música..., o que, al paso del Niño, las campanillas se mueven a compás... –dijo al cabo de un rato.

Pero llegaban hacia ellos unas Ondas de voz humana y de Notas, tan divinamente combinadas que, no pudiendo resistir la tentación, corrieron sobre aquellas bridas de Voz las Hijas seguidas del padre.

–Proceden de la buhardilla del Estudiante –dijeron. Y con sus cuerpecillos de brisa marina se internaron en la mísera estancia. El Gnomo quedóse quieto, y sentado en el zócalo de la ventana, examinando el interior de la estancia.

Y, con horror, vio a un estudiante que, como el de su Juventud, tenía el cabello ensortijado y los ojos soñadores. Y arrobado por las notas deliciosas de su violín, llamaba con ojos febriles a las ninfas maravillosas, a las bellísimas criaturas que se acercaban hacia él, volando sobre las Ondas. Etéreas.

–Venid, venid a mí –suspiraba con voz temblorosa–. No me desamparéis, que os amo a todas más que a mis pupilas.

Acariciad mis rizos y cerrad mis ojos con vuestras manos invisibles, y sed la luz de mi entendimiento...

Entonces, ellas, que le sonreían, le rodearon la frente ardorosa con sus frescos brazos de brisa marina y le besaron en los ojos con sus labios imperceptibles. Luego, mientras una le acariciaba los bucles sedosos y otra le dictaba al oído las dulces notas que él hacía eco con su violín, otra le alentaba con su sonrisa cautivadora, y la de más allá le sostenía el violín, mientras la menor le ayudaba, de manera inexplicable, a manejar el arco.

Divino éxtasis el de aquel momento para el pobre Estudiante místico. Pero el Gnomo apretó los puños y sus labios temblaban. Se levantó y acercóse al grupo.

—¿Cómo es que nos ves, que nos conoces, que nos demandas si no posees el Libro de la Dicha?... —gritó en un acceso de agua.

Pero allí, entre los libros, reconoció una hoja del maravilloso libro.

—¿Cómo es posible? —se interrogó.

Luego examinó su libro y vio que, en efecto, por un lamentable olvido, no estaba la Hoja.

Y trató de apoderarse con apresuramiento de ella. Mas el Estudiante había terminado su Melodía y lo vio. Al punto, se arrojó a sus plantas, demandándole misericordia, y pidiéndole que no le arrebatara aquella hoja tan amada por él. Pero el Gnomo no tenía Corazón, porque se lo endureció el contacto con los hombres y la maldad de la Sirena Azul. Y no se ablandó ante el Estudiante que lloraba sobre la hoja. Tendido en el suelo, apoyaba el rostro sobre el papel y las lágrimas corrían por sus finas mejillas, yendo a emborronar las letras de aquella sublime página, mientras que las sílfides le consolaban con sus mimosas caricias. Entonces, el Gnomo arrancó la Hoja del suelo y emprendió el vuelo. Al punto, las lágrimas se helaron en los ojos hermosos del Estudiante. Huyeron, cual bandada de palomas, o bien se esfumaron de su vista las hermosas Mujeres, y en su lugar se vio tendido en el suelo, en su buhardilla sucia.

—¿Qué estoy haciendo aquí? —se preguntó el Estudiante, al verse tendido—. Me estaba durmiendo, a buen seguro.

Y lentamente, con rutina y pesado movimiento, acercó un libro y, apoyando los codos en la rota mesa, comenzó a estudiar con avidez inexplicable en el muchacho de hacía unos

minutos. Y ya sus ojos eran fríos y sus cabellos habían perdido aquel aspecto de corona que prestaban a su frente soñadora, ahora surcada de arrugas. Y abajo, en el jardín, las flores se besaban y la brisa refrescaba los lugares inundados de sol de oro.

Tanno había salido esta vez victorioso.

## *Alegoría segunda*

*que trata de Tanno, el Niño Desconocido, y aparece Rjokwy*

II. Tanno, el Niño Desconocido, y aparición de Rjokwy

Victorioso, volaba feliz hacia el jardín el Gnomo Tanno, con el libro apretado sobre su estrecho tórax.

Se dejó entonces caer sobre la blanda hierba, cansado y fatigado.

Al punto quedó rodeado de sus antiguos compañeros.

–He salvado Nuestro Mundo –suspiró–. Y estoy muy satisfecho.

–Pero has sacrificado tu Juventud –le indicó un simpático genio.

–Nosotros no morimos..., hasta que desaparezcamos de la imaginación de alguien... Porque nosotros existimos gracias a que nos han imaginado y proporcionado nuestro cuerpo...

–Y ser [?] tú luchas contra el Hombre... ¿Es que quieres que nos muramos todos?... ¿No ves que es el Hombre quien nos puede guardar en su imaginación?... –le preguntaron.

–No es eso... –gimió, cada vez más cansado, el viejo Tanno–. Nos ha formado el Alma del bosque y la Fantasía del Niño... Y yo no lucho contra el Niño, porque no necesita, a veces, tener la

*Los gnomos callaron, y contemplaron, admirados, a su héroe. Luego, éste, abrió el libro para introducir en su lugar correspondiente la Hoja Maravillosa. Examinó un momento su contenido y entonces vió que eran tan sublimes aquellas páginas maravillosas que era imposible poder tener aquel libro sin sentirse idealizado...*

hoja misteriosa para conocernos, ni se burla de nosotros... pero luego se vuelven hombres y se olvidan de todo eso. Cada vez que un Niño se hace Hombre, muere uno de nosotros...

Los gnomos callaron, y contemplaron admirados a su héroe. Luego, éste abrió el libro para introducir en su lugar correspondiente la Hoja Maravillosa. Examinó un momento su contenido y entonces vio que eran tan sublimes aquellas páginas maravillosas que era imposible poder tener aquel libro sin sentirse idealizado... Y entonces, como si el Viento quisiera jugar con él, lanzóse sobre el libro arrebatándole una de las sueltas hojas y llevándosela lejos... lejos... Y fue tan inesperado el caso, que quedaron suspensos, sin saber qué hacer ni decir. Pero Tanno pronto se rehízo. Y, levantándose, lanzó un grito de cólera. Cerró de prisa el libro y se lanzó sobre unas Ondas Etéreas que por casualidad llegaban allí. Cruzó el espacio como una flecha, apretando el libro contra su cuerpecillo delgado e invisible, casi. El viento le agitaba la melena y no le dejaba oír los gritos de sus Hijas, que lo llamaban desconsoladas.

Pero él no las oía y, ciego de coraje, corría presuroso, persiguiendo a la Hoja, la cual era únicamente, a sus ojos, un puntito blanco que brillaba al Sol. Sin embargo, una de las veces se

esfumó de su vista como por encanto y no la vio más. Desplegó entonces sus alas de Mariposa y, bajando de las Ondas Etéreas, dirigióse hacia el lugar donde había desaparecido.

Al cabo de un ratito llegó frente a una casita de madera que, rodeada de una huerta y una cerca de madera, tenía todo el aspecto de ser una Granja o algo parecido, pues algunos animales domésticos se paseaban o adormecían al sol.

Entonces se imaginó que habría desaparecido por allí pues si no no se explicaba otro lugar.

«Esperaré a que se cierre la noche y así, protegido por sus sombras, no me verá quien posea mi preciado tesoro», se dijo Tanno.

Acurrucóse entonces en un rincón del huerto, sentado sobre su hermoso Libro de la Dicha.

En esto se hallaba cuando sintió un suave vientecillo que le refrescaba el rostro y le acariciaba los cabellos. Sintió un suave bienestar, como cuando era joven, y entonces vio acercársele al Duende del Huerto.

–Buenos días, hermano –le dijo Tanno.

El Duende del Huerto se sentó sobre una seta con las piernas cruzadas y lo miró atentamente con sus ojuelos verdes.

–¿Quién eres tú? –le preguntó de pronto, examinándole de pies a cabeza–, ¿y qué vienes a hacer aquí?...

–Soy Tanno..., ¿no oíste hablar nunca de Tanno, el Libertador de Nuestro Mundo y el Enemigo Eterno del Hombre?

–¡Oh, Tanno! –exclamó mientras sus ojillos brillaban deslumbrados–. ¡Tanno, el héroe inmortal!... Sí, sí, ya lo creo que oí hablar de ti, y te admiro profundamente. Proclamaban tus hazañas los duendes del Jardín Olvidado y nos traían hasta aquí los ecos de tus proezas. Abandonaste Nuestro Mundo para entregarte a luchar contra el Hombre, el ser peor que yo conocí... Mas, sin embargo, yo conozco otra clase de hombre que es mil veces mejor que ése por quien luchamos, pues es espiritual y nos ve por los Ojos de la Fantasía sin necesidad de poseer ese Libro Maravilloso...

–Sí –contestó Tanno acariciándose su magnífica cabellera–, yo también... Se trata del Niño, ¿verdad?...

–¡Oh, no! –le interrumpió el Duende del Huerto–. Se trata de un Hombre, al cual no han embrutecido ni materializado los años, ni el contacto con los Humanos... ¡No ha dejado perder, a pesar de hacerse Hombre, la Fantasía de Niño!

Tanno lo miró espantado con sus brillantes pupilas de rocío.

–¡Aah; volveremos a ser el Juguete del Hombre, a pesar de haber yo sacrificado mi Juventud y casi mi vida!... ¡Quedan aún hombres que pueden vernos y comprendernos, y aun sentir las mismas emociones que nosotros!

–¡No, no! –le interrumpió el Duende del Huerto–. ¿No ves que él es el único ser que existe así en el Mundo entero?... ¿No ves que nos comprende demasiado bien para burlarse de nosotros?...

–¡Oh, no! –se quejó Tanno lastimeramente–. No es eso. Es que lo explicará a los demás de manera que ellos lo verán también, y entonces sucederá lo de siempre, aquello que yo quiero impedir...

–No, porque no le comprenden. Él empezó a explicarlo a sus semejantes pero ellos, que no le entendían por el Lenguaje de la Fantasía, no le creyeron y lo trataron de loco. Todos le despreciaban y por último fue a parar aquí. Y aquí halló a alguien que le escuchaba. Y era el Niño que duerme y juega en el Desván. El Niño no le entendía tampoco, porque era de los niños que no poseen la Fantasía, pues bien sabes que los hay, y a pesar de que le escuchaba, no podía él ver y oír lo que su amigo le había explicado. Pero era un Niño que era muy comprensivo y llegaba a explicarse de una manera vaga lo que su amigo le quería dar a entender...

Tanno quedó un momento pensativo. Luego, numerosas arrugas surcaron su frente, y preguntó en tono áspero (el agua de la cascada salía con fuerza):

–¿Y cómo se llama el tal fenómeno que me has citado antes?

–Se llama... –le contestó el Duende del Huerto–, se llama Rjokwy y toca el violín maravillosamente, en medio de la Soledad de su buhardilla. Es joven y rubio y suele llevar el cabello largo y el rostro pálido. Yo nunca le he visto comer, y eso que el duende que habita en su buhardilla me cuenta los menores detalles de su vida.

–¡Rjokwy! –murmuró melancólicamente al Duende Tanno.

–Dicen que apenas transcurridos los primeros años de su vida quedó huérfano y que vivió siempre en medio de tan grande soledad que precisamente por eso es así ahora, pues casi no ha tenido contacto con los Humanos... En cambio, el Niño, a pesar de todo y estar también solitario, es un muchachito en nada espiritual... Pero sin embargo es muy comprensivo y es el único que entiende, si bien no siente, lo que Rjokwy le quiere

decir... Y siempre suspira por no poder ser como su amigo –concluyó el Duende del Huerto con su cristalina voz que era el entrechocar de las campanillas agitadas por el Viento...

–Quisiera saber si tiene la Caja que falta el Niño Desconocido... –murmuró Tanno.

–Esta Noche lo sabrás –le contestó su nuevo amigo.

–Y quisiera conocer a ese famoso Rjokwy –terminó con ahogada voz.

–Espera a la Noche –fue la última respuesta del Duende del Huerto.

Entonces se alejó, y cuando ya húbose perdido de vista entre los tallos de las flores su negra y ensortijada cabeza, Tanno se sentó junto a una fresa, con las piernas cruzadas sobre su Hermoso Libro de la Dicha, y esperó, esperó... Entonces sintió que crujían la tierra y la hierba fresca bajo el peso de unos pies. Y vio pasar junto a él las piernas largas y morenas del Niño Desconocido, que tenía el cabello largo, liso y de color de paja y los ojos de mirada distraída que no tenían la expresión del muchacho que posee una hoja del Libro de la Dicha, o bien del Niño del Jardín donde habitaba Tanno.

Y lo vio internarse en la casa de los labradores, desapareciendo por la escalera de madera que se encaminaba a la buhardilla.

Tanno, entonces, salió de su escondite y paseó un momento. Encaramóse a la ventana del desván, y vio en el suelo su preciada Hoja. Quiso saltar del marco de la ventana, pero en aquel momento se abría la desvencijada puerta y vio aparecer la punta del pie descalzo del Niño Desconocido.

–Ahora sí que me vería –se dijo Tanno.

Y se deslizó hacia el huerto otra vez, sin hacer ruido.

El Niño Desconocido entró en la buhardilla. Era el que cuidaba de los patos, y estaba rendido, de manera que para un día que tenía libre, pues su amo los había llevado al mercado, se tendió sobre su jergón de paja, que compartía con el del músico Rjokwy. Comenzaba a declinar el día, y el Niño vio que tras la ventana se desplegaba un cielo inmenso y hermosísimo, de un tono entre azulado y grisáceo, en el cual resaltaban, junto al marco de la ventana, la silueta negra de la parra y de la enredadera que cubrían la fachada de la Granja.

–Qué bello es esto –se dijo el pequeño.

Y sintió algo extraño que no había sentido nunca. Como un

calorcito en el corazón que lo llenaba de una sensación nueva, medio melancólica y triste y medio alegre y risueña. Se levantó de un salto de su cama y se acercó al ventanuco. Vio el huerto extenderse a sus pies. Vio las montañas azuladas y tras ellas el cielo inmenso… Permaneció inmóvil un momento, y sus ojos se tornaban cada vez más soñadores… Y unas estrellitas de plata brillaron y sus lucecitas guiñaban al Niño Desconocido. Parecía que hablaban al niño y que incluso reían maliciosamente.

Y el Niño exclamó en un rapto de extraña emoción:

–¡Oh, Rjokwy, ahora sí que te comprendo!..., ¡ahora te entiendo lo que me quieres decir!... –y sonreía al tiempo que sus pupilas brillaban casi tanto como los luceros.

Entonces desplegó el Genio sus alas transparentes y voló hacia allí. Pero además venía acompañado de un grupo de sílfides y gnomos hermosísimos, que comenzaron a bailar alrededor del muchachito, que extático los contemplaba sin apenas pronunciar más palabras que: «¡Rjokwy!».

Entonces, tras aquellas hermosas ninfas de cabelleras largas y relucientes ojos, se abrió paso el Genio de alas transparentes. Y todos lo saludaban diciendo:

–¡Salve al Genio del Huerto!... ¡Salve, salve!...

–Silencio –exclamó éste gravemente.

Y se sentó con las piernas cruzadas a la luz de la luna. Y entonces, tras sus transparentes alas desplegadas, se divisó una silueta endeble y de miembros largos y enflaquecidos, pero que estaba inundada de una aureola de Gloria.

Y al unísono cerráronse las alas y las voces se elevaron exclamando:

–¡Tanno, Tanno!...

Y Tanno se acercó al muchachito del cabello pajizo y las luminosas pupilas, que tenía las piernas largas y la piel tostada del sol. Miraba embobado a todas partes, y no se daba cuenta de que estaba encima de la Hoja.

–Niño Desconocido –exclamó con voz solemne Tanno–. Has de saber que no puedo permitirte que nos veas, pues es una larga y triste historia por la cual no deseamos ser vistos por los Humanos. Ya que estás amparado bajo la protección de la Hoja Maravillosa, nos puedes ver así, y sentir nuestras mismas emociones. Pero yo no lo puedo permitir…, de modo que puedes despedirte de nosotros, y tener la dicha de habernos visto alguna vez. –Y como se dirigió al Niño para cogerlo, el muchachito prorrumpió en amargo llanto, y cogiendo la Hoja Maravillosa, la guardó entre la blusa y el pecho, para que no se la quitara nadie. Tanto lloraba y sollozaba que las sílfides se enternecieron y le rodearon, acariciándole el rubio cabello y besándole en los hermosos ojos azules. Y mientras le deslizaban con sus voces mágicas unas melodiosas canciones junto a sus oídos, el Niño Desconocido se secó las lágrimas y sonrió extasiado. Los gnomos permanecieron callados y cabizbajos, incluso el Genio del Huerto. El único que estaba enfurecido era Tanno. Los otros permanecían indecisos. El Gnomo del Jardín, apretando sus diminutos puños, se lanzó furioso sobre las ninfas, gritando que se marcharan y no le deleitaran, para que de nada le sirviera el poseer la Hoja Maravillosa del Libro de la Dicha.

–Igual le serviría, porque sentiría el Alma del Huerto –exclamaron a un tiempo las sílfides–. Y el Alma del Jardín… ¡Sentiría todo lo que nosotros sentimos!…

–¡Silencio! –resonó de pronto la potente voz del Genio del Huerto.

Hasta entonces, había permanecido indeciso, seguramente pensando lo que debía hacer.

–He decidido lo siguiente: he aquí, ante vosotros, el Héroe de Nuestro Mundo, el que salvó Nuestro País de las garras del Hombre Brutal. Él sacrificó su Juventud, que era lo más preciado, en su contacto con el Hombre Odiado. ¿Y ahora vamos a hacer inútil su gran sacrificio, dejando que esa Hoja se pierda por Dios sabe dónde, y que volvamos a lo de antes, siendo el sacrificio de Tanno completamente estéril?… No, duendes, no. No podemos hacer eso. De manera que esa Hoja volverá para llenar el lugar que le corresponde en su Libro… ¿Estáis conformes conmigo?…

Más de cien voces se elevaron hasta él, en un solo grito.

–¡¡Sí!! –y era que hasta los duendes que quedaban por el huerto lo habían oído.

El Niño Desconocido volvió a llorar desconsoladamente, pidiéndoles e implorando que le dejaran la Hoja Maravillosa.

–¡No puede ser! –gritó la enérgica voz de Tanno.

Y en un desesperado esfuerzo, el Niño se levantó y se lanzó escaleras abajo, sollozando ruidosamente. Llegó al huerto y tras correr un buen trecho, se paró y miró al cielo estrellado, donde el disco de plata de la Luna semejaba una pelota de Marfil, y las estrellitas, diamantes refulgentes que parecían escapados de un anillo o collar. Entonces, elevó sus azules pupilas llenas de lágrimas al firmamento inmenso, y cruzando las manos sobre el pecho, junto a la Hoja, donde sentía un suave calor, exclamó, sonriendo a pesar de su tristeza:

–¡Oh Rjokwy, qué bello es esto!...

En esto, vio acercarse por el senderito blanco del huerto que daba a la casa una silueta conocida, que pisaba fuerte y estaba desmesuradamente delgada.

–¡¡Rjokwy!! –gritó en un desgarrador grito, y se lanzó sobre él desesperadamente.

# El Hijo de la Luna

*catorce años*

*El Hijo de la Luna*
*Las lucecitas de plata*

# El hijo de la Luna

## I

Allá en lo más recóndito del bosquecillo apretado, existía, en uno de esos viejos troncos de roble, de silueta casi humana, un pobre duendecillo diminuto y feúcho, ojinegro y pálido, de crespos cabellos brunos y nariz roma.

Se llamaba Logo, y solía asomar su afilado rostro por entre los agujeros del tronco las largas noches de luna fría y serena. El tronco estaba hueco y carcomido, y dentro de él vivía Logo. Como hemos dicho, las noches de Luna el duendecillo asomábase por alguno de los agujeros de la corteza. Así podía captar la inmensa belleza del Lago brillante de Luna, mientras la superficie de las aguas temblaba a la suave caricia del viento frío de la Noche.

De esta manera, toda la hermosura del Lago se reflejaba en sus negras pupilas, y sus ojillos parecían bellos como dos luceros. Tenía una enorme sed de belleza, él, que era la fealdad misma. Y así, avergonzado de él mismo, no osaba salir nunca, temeroso de que las flores –¡que eran tan delicadas!– y los pájaros –¡que eran tan hermosos!–, y las sendas mismas, y el verde césped que alfombraba con su manto de terciopelo el suelo, y aquellos jirones de cielo puro y azul que se distinguían de trecho en trecho allá a lo alto, entre las copas de los árboles, pudieran ver su fea personilla.

Y sin embargo ¡queríales él tanto a ellos!... Los amaba en silencio, ignorado de todos. Pero su gran amor, su amor más grande, era hacia la Luna.

Por eso, por las noches, asomaba su rostro pálido por los boquetes del tronco, y miraba, extasiado, a la Luna entre el follaje negro y recortado de los árboles. A la Luna, reflejada en las aguas tibias del Lago, temblorosas de viento y de misterio... A la Luna, filtrándose en pequeños rayos de luz blanca por entre unas ramas encrucijadas... ¡La Luna! ¡Era tan bella, tan hermosa!... Y sus pobres ojillos negros –¡tan feos!– parecían hermosos como dos luceros cuando la miraban, en el Lago, en el Cielo, en los rayos de plata... Y por el día, cuando recostado en el tronco, escondido de todos, cerraba los ojos y soñaba –soñaba despierto–, creía sentir sobre su carne pálida la fría caricia de los rayos de Luna. Porque la Luna era fría. Helada y serena, pero..., ¡era tan hermosa!... Y luego, suspiraba tem-

..."asomaba su rostro pálido por los boquetes del tronco..."

blando, al crepúsculo de la tarde, pensando en que pronto un velo negro ensombrecería el Cielo y el Bosque, y aparecería la Luna.

A veces no aparecía, y entonces Logo se ponía muy triste, tan triste que comenzaba a cantar una canción que le hacía llorar, y que hablaba de que la Luna tenía un Hijo. Él no entendía su significado, pero cantaba con su voz parecida al silbar del viento entre los pinos.

–Luna, lunera... –empezaba su canción y pasaba la noche cantando, escondido, avergonzado de su fealdad, y sobre todo... ¡tan triste porque no salía la Luna!...

## II

Era una niña de trenzas apretadas, delgaditas, cortas y retorcidas como la cola de un ratón, y tan suaves y brillantes que parecían de seda, rematadas por dos lazos azules que eran una delicia. Se llamaba Lidya, y cuando en invierno hacía demasiado frío para ir a jugar a la Plaza Mayor, se acurrucaba muy quietecita junto a los leños del hogar y leía en su gran libro de cuentos, que le había regalado su abuelo. Yo creo que Lidya se sabía ya de memoria todos los cuentos pero le gustaban tanto que no se cansaba jamás de ellos. Siempre los encontraba nuevos, y sobre todo, le parecía vivir aquellas historias maravillosas que hablaban de bosques encantados de ensueño. Así que no se daba cuenta de lo que ocurría a su alrededor, y menos de que estaba nevando y sus piececillos estaban descalzos.

Porque los padres de Lidya eran muy pobres y habitaban en una buhardilla diminuta. Por eso Lidya no tenía zapatos y llevaba un vestidito muy raído. Pero Lidya tenía una cabecita soñadora y no se preocupaba de ello, sino que se pasaba las largas noches de invierno soñando despierta con su gran libro en las rodillas, en aquellos países de ensueño, en aquellos bosques fantásticos donde los elfos y los gnomos bailaban y cantaban a

la luz fría de la Luna. ¡Cuánto deseaba ella poder presenciar aquello!... ¡Debía de ser tan bello vivir allí!...

Una vecina le había regalado dos trocitos de cinta de raso azul, y le había sujetado las trencitas, que se retorcían como las colas de ratón, con aquellos preciosos lazos. Lidya se puso tan contenta que corrió a enseñárselos a su madre. Pero la buena mujer movió tristemente la cabeza y dijo:

–Hubiera hecho mejor dándote unos zapatos.

Sin embargo Lidya no se fijó en tal detalle y su carita rebosaba alegría cada vez que se veía reflejada en el cristal de la ventana. Creía que así se parecía a aquellas sílfides que cantaban a la Luna.

Su madre suspiraba entonces y pensaba que si su hijita no fuese tan soñadora sería más feliz. Lidya era una niña preciosa, pero no pensaba más que en sus fantasías, y su madre se entristecía al verlo.

Cierta noche, cuando Lidya permanecía como de costumbre embebida en la lectura de su libro, alguien se asomó a la ventana cubierta de nieve y escarcha. A través del cristal vio a la niña con sus piececillos descalzos y sus trencitas que parecían dos rabos de ratón.

Vio también el fuego, no muy abundante pero que permitía calentarse a la niña e iluminar la estancia. Y comprobó que la buhardilla era pobre pero que respiraba tal calor de tranquilidad y raro encanto... Quiso entrar. Para ello llamó a los copos de nieve y golpeó el cristal de la ventana.

Lidya levantó la cabeza. Sólo vio un rayo de Luna que iluminaba el dintel de la ventana. Mas fijándose bien comprobó que el rayo de Luna no era tal, sino un muchachito transparente y luminoso, que le sonreía y hacía señas, arrodillado sobre el alféizar.

Lidya sonrió también y se acercó. Vio entonces que el niño era diminuto como una muñeca y que iba vestido con una túnica corta y de inmaculada blancura. Llevaba un aro en la cabeza, cinturón y sandalias de plata. Pero todo él era transparente y diáfano, como un rayo de Luna.

Lidya aplastó su naricilla contra el cristal de la ventana y sonrió de nuevo.

«¿Cómo no estaría muerto de frío?», pensó al ver que sólo cubrían su pálido cuerpecillo aquellos jirones vaporosos de túnica corta y flotante sujetos por un cinturón de plata.

El muchachito golpeó con su diminuto puño la ventana y le hizo señas para que le dejara entrar.

Cierta noche, cuando Lidya permanecía como de costumbre embebida en la lectura de su libro, alguien se asomó a la ventana cubierta de nieve y escarcha. A través del cristal vió a la niña con sus piececillos descalzos y sus trencitos que parecían dos rabos de ratón

Lidya le gritó que hacía demasiado frío para abrir la ventana, y su madre la regañaría.

—No hace falta —le gritó asimismo el niño— que abras la ventana, sino que te apartes de ella.

Lidya se apartó y entonces aquel diminuto personaje se filtró por los cristales exactamente igual que los rayos de Luna.

Lidya se arrodilló junto a él. El pequeño visitante se acercó al fuego y lo contempló unos instantes. Luego dijo con su rasa [?] vocecilla.

—¿Quieres venir conmigo?

Lidya experimentó la sensación de que había oído muchas veces aquella voz.

—Te conozco y no sé quién eres —exclamó al fin—. He oído muchas veces tu voz que repetía la misma pregunta…: ¿quieres venir conmigo?…

—Soy el Hijo de la Luna —contestó el luminoso muchacho—. Me has visto muchas veces cuando se filtra sobre tu lecho un rayo de luna, y me has oído muchas veces cuando vas al estanque de la plaza, las noches de verano, y oyes en el silencio el cristalino golpear de las aguas del surtidor.

»Ésa es mi voz.

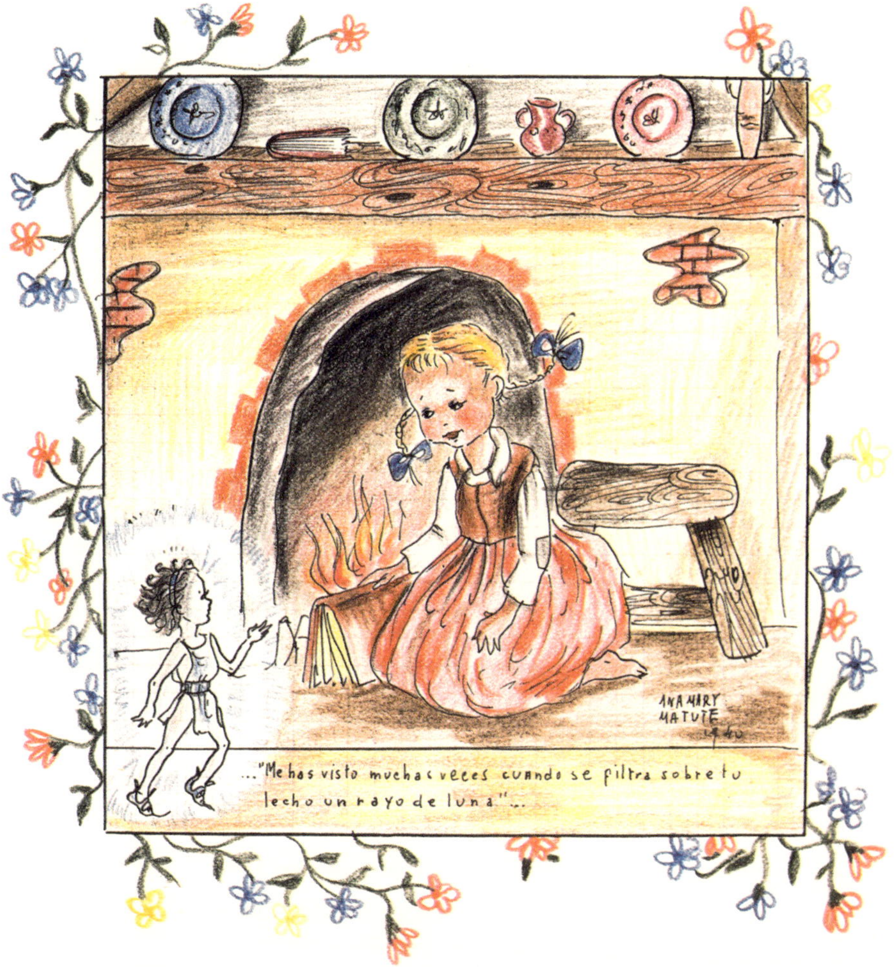
ANA MARY
MATUTE
1940
..."Me has visto muchas veces cuando se filtra sobre tu
lecho un rayo de luna"...

Lidya asintió con la cabeza. Entonces el Hijo de la Luna la cogió de la mano y continuó:

–¿Por qué no vienes conmigo?... Ando errante por el mundo en busca de los niños que sueñan despiertos, y los llevo al bosque de la Luna. Allí pueden gozar de sus sueños y son felices... ¿Quieres venir?...

Lidya quedó pensativa. Luego exclamó:

—¿Y por qué haces eso?

—Mi madre —dijo el Hijo de la Luna— me ha perdido para siempre. No me verá más. Yo ya no tengo derecho a su poder, y por lo tanto me queda muy poco de vida. Si durante el breve tiempo que me resta no he hecho bien en el Mundo me desvaneceré y dejaré de existir, para convertirme en uno de esos vientos fríos que van errantes por el mundo sin hallar paz ni descanso. Pero si por el contrario he hecho mucho bien, quizá me espere mejor suerte: el qué, no lo sé, pero deseo alcanzarlo. Por eso hago felices a todos los niños que sueñan… ¿Quieres venir conmigo?

Lidya quedó un instante sin respiración. Luego, su pálida carita se iluminó mientras sus ojos brillaban intensamente.

—¡Sería eso tan hermoso! —dijo.

En aquel momento se olvidó de sus padres, de su abuelo, del fuego tibio del hogar…, sólo pensaba en la fría belleza de la Luna.

Cogidos de la mano, abrieron la ventana y se lanzaron al espacio. Volaban sobre la ciudad. Esta vez Lidya se olvidó de que su madre le prohibía abrir la ventana, y la dejó de par en par.

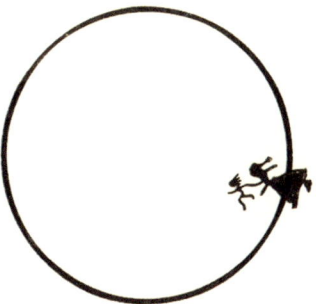

Seguían volando, cogidos de la mano, sobre los tejados apretujados de la ciudad, cubierta por la nieve del invierno. Entonces se escondió la Luna tras una nube y Lidya volvió la cabeza hacia aquel lejano puntito de luz que era su ventana abierta. De la vieja buhardilla había huido el calor para dar paso al frío helado de la noche de invierno. ¡Pobre hogar tibio y dulce!... ¡Adiós leños encendidos!... ¡Adiós librito querido, adiós!...

Y Lidya agitó su manita blanda y fría. El Hijo de la Luna le señalaba entonces un lejano bosque apretado.

–Aquello es tu sueño hecho realidad... ¡Serás tan feliz!...

Lidya asintió. Volvió nuevamente la vista hacia la ciudad, pero ya apenas se vio la negra silueta recortarse allá lejos... Y entonces olvidóse por completo de su vieja buhardilla, porque... ¡era ya tan dichosa!...

## III

Logo asomó su pálido semblante por un boquete del viejo roble. La Luna brillaba en todo su esplendor y sus ojuelos se iluminaron.

–Luna, lunera... –cantaban unos niños. Eran los niños felices.

Logo sintió temblar su cuerpecillo de alegría. Y sin poder reprimirse cantó también:

–Luna, lunera...

Pero tan bajito que sólo lo oyeron las matas de menta que allí crecían.

La noche anterior no habíales visitado la Luna, y Logo había creído morirse. Y ahora que había salido de tras aquella nube nefasta el corazón le brincaba en el pecho. Sentía una honda alegría, una intensa emoción.

–Luna, lunera...

Tenía su voz unas inflexiones tan suaves que las hojas de menta temblaron unos instantes. Vio entonces a los niños que danzaban alrededor del Lago y tendían sus bracitos a la Luna, clamando con sus vocecitas:

..."luna, luna, lunera"...

–Luna, luna, lunera…

Y él, como un eco lejano, dejó oír su hermosa voz triste:

–Luna, lunera…

Entonces sintió que una mano se posaba en su hombro. Diose entonces cuenta en aquel momento de que, entusiasmado, había salido del tronco y se hallaba fuera. Espantado, quiso esconderse, pero la mano le retuvo fuertemente y vio ante él a un muchachito transparente y luminoso de grandes ojos azul-plata que le sonreía.

–¿Por qué me huyes? –preguntóle con voz suave–, ¿quién eres?

Logo, ante aquella deslumbrante belleza, bajó la cabeza, mientras que por sus pálidas mejillas rodaban, temblonas, dos lágrimas de cristal.

–¿Por qué lloras? –dijo el luminoso personaje–, ¿es que no eres feliz?... Mira esos niños que creen (¡inocentes!) en su felicidad mirando a la luna... ¿No la quieres tú también?... ¡Ve con ellos y sueña feliz!...

Logo suspiró fuertemente y exclamó:

–¡Yo amo tanto a la Luna!... ¡Tanto que hasta siento celos de esos niños que me roban su luz!... Pero no me atrevo a salir para que ella me vea... ¿No lo comprendes?... ¡Soy tan poca cosa, tan feo!... ¡Y ella es tan bella y esos niños tan lindos!...

El muchachito transparente quedóse un momento silencioso y triste.

Luego fijó sus grandes pupilas en las del feo duendecillo.

–¿Tú quieres mucho a la Luna? –le preguntó.

Logo suspiró tan fuerte que las matas de menta temblaron un instante.

–¡Y tanto!... ¡Es mi única ilusión!... ¡Sin ella, sin la esperanza de verla al llegar la noche, moriría!... Estoy loco por la belleza, y yo..., ¡soy tan feo!...

Había tanta pena en sus palabras, que el niño luminoso y diáfano lo miró intensamente a los ojos, y cogiéndole de una mano le dijo:

–¡Pobre duendecillo!... ¡Qué equivocado estás!...

»Tú ignoras que posees la belleza verdadera, porque tienes un corazón grande. Eres tan bueno, que mereces mejor suerte que esos niños que no han sabido aprovechar la verdadera belleza, y ahora cantan soñando (pero no con aquel sueño bello y dulce de antes, sino en un sueño frío y satisfecho) a la Luna... Y te voy a confiar mi secreto: la Luna no es bella... porque es mala. Es muy mala: fíjate en su hermosura: ¡es fría, helada!... No hay emoción, no hay inflexiones ni calor en su luz como en una estrella... Créeme, yo lo digo porque lo sé muy bien: soy el Hijo de la Luna... y a pesar de ello no me amó. Ignoré su maldad mucho tiempo porque no había conocido nada más. Pero una noche vi como una madre besaba a su hijo. Vi otra que lo arropaba en su camita, y a otra que lo dormía en sus rodillas... Entonces sentí una ansia grande de cariño y corrí hacia ella. Le tendí los brazos, pero ella no me amparó. Se irritó conmigo y me arrojó de su lado diciendo: «Tú no eres hijo mío. No eres digno de mí».

»Desde entonces perdí mis derechos y mi inmortalidad, y si no quiero convertirme al morir en viento helado, debo hacer mucho bien en el mundo. Por eso he traído aquí a esos niños.

Porque ellos creen en la belleza de la Luna y son felices... ¿Hasta cuándo?... Lo ignoro. Pero desconocen la verdadera belleza, esa belleza grande que tenían tan cerca y no sabían apreciar... Y ya te lo he dicho: son felices, y por eso los he traído. Pero a ti no puedo dejarte sumido en la tristeza. Tú aquí no serías dichoso. Te voy a mostrar esa otra felicidad real, esa otra belleza que es hermana de la tuya: la de tu corazón.

Y lo tomó de la mano. Juntos volaron sobre el bosque, y luego, sobre la ciudad.

En tanto, los niños, danzando alrededor del Lago seguían cantando con los bracitos al cielo:

–Luna, lunera...

## IV

Logo sentía un tibio calor en el corazón. Una extraña y desconocida alegría se apoderaba de él.

Había visto, a través de las ventanas nevadas, hogares pobres pero tibios y dulces, con niños descalzos que escuchaban embelesados el cuento de la abuelita. O bien una mujer que

"...*sonreían, escuchando la charla inquieta de una estrella de plata*".

besaba en la frente al niño que dormía en la cuna. O dos hermanitos, que a través de la ventana, y con las naricillas pegadas al cristal, sonreían escuchando la charla inquieta de una estrella de plata... ¡Era tan nuevo para él!... Y sin saber por qué, olvidó su fealdad, y se sintió ligado, unido, a aquella belleza tibia ¡tan distinta a la belleza fría de la Luna!...

Y entonces comprendió dónde se hallaba la verdadera felicidad.

Habían llegado frente a una ventana abierta, que daba a una buhardilla, donde ardía un fuego triste, y se respiraba un ambiente de melancolía. Frente a los leños estaba abierto, en el suelo, un gran libro de cuentos, y caído junto a él un lazo azul.

Una mujer de rostro suave y triste lloraba silenciosamente, junto a la ventana.

Logo miró interrogativamente al Hijo de la Luna, que explicó:

—Es el hogar de una niña soñadora. Me la llevé hace poco, y ahora, olvidada de todo, canta engañada pero feliz: ¡Luna, luna!...

Logo experimentó una extraña emoción ante las lágrimas de la madre.

De pronto, sus ojuelos negros se iluminaron y miró fijamente al Hijo de la Luna:

—Puedes hacerles a todos felices... ¡Pero felices de verdad!... Y entonces lo sería yo también... ¿Por qué no lo intentas?...

El Hijo de la Luna sonrió con tristeza.

—No puede ser... no sabrían apreciar esta felicidad...

Logo insistió:

—¿Por qué no?... Sabrán, ahora que han probado las dos, comparar, como yo... ¿No tienen todos un corazón caliente y grande?... ¿No son buenos e inocentes?... ¡Seríamos todos tan dichosos!...

El Hijo de la Luna miró pensativo las llamas del hogar y murmuró:

haces de la ventana, y con las naricillas pegadas
al cristal, sonreían escuchando la charla inquieta de una estrella de plata... ¡era tan nuevo
para él!...


—¡Quizá sí!... Lo intentaré. Pero si no lo logro..., ¡me convertiré en viento helado!...

Logo lo abrazó.

En tanto, los niños seguían cantando con los brazos extendidos hacia el cielo:

—Luna, lunera...

Y no se acordaban de sus hogares calientes, en cuyos leños encendidos ardía la verdadera felicidad, al encanto de un libro de cuentos.

## V

Tenían los pies helados y los cuerpos tiritantes de frío, pero seguían cantando, ignorándolo todo y olvidados de todo.

Hasta que oyeron al Hijo de la Luna que los llamaba. Dejaron de cantar y corrieron a acercarse a ellos. La primera en llegar fue Lidya.

—Ésta es la niña que te dije —dijo el Hijo de la Luna al oído de Logo.

Entonces Logo comenzó a hablar. Les hizo recordar su hogar, que habían olvidado. Les habló de su madre, de los cuentos de la abuelita, del tibio calor de los leños y del suave resplandor de las Llamas.

Les recordó los besos de su madre y la canción de las golondrinas que les despertaban junto con los primeros rayos del Sol.

Cuando terminó, los niños habían perdido su ilusión. Tenían los ojos llenos de lágrimas y sus cuerpecillos tiritaban de frío.

Lidya abrazó a Logo.

—Tengo frío…, y estoy triste…, ¡era entonces mucho más feliz que ahora!…

Todos los niños se apretujaron junto a él y empezaron a añorar sus hogares. Tenían frío en el cuerpo y en el corazón. Al oírlo, el Hijo de la Luna sonrió.

Y era tan amplia su sonrisa, que los niños también sonrieron.

—Volveréis a vuestros hogares…, a soñar despiertos al calor de las llamas, y tras el cristal empañado de la ventana, volveréis a hablar con las estrellas. —Miró a Logo y le dijo—: Logo, serás feliz…, ¡y yo no me convertiré en viento helado!…

Lidya abrazó al duendecillo más fuertemente.

–¡Qué bueno eres! –dijo–, ¡no te separes más de mí!... Ven a mi casa, y allí, junto al fuego del hogar, leeremos juntos el libro del abuelo...

Y no pudo continuar porque los párpados se le cerraron pesadamente.

Cuando Lidya abrió los ojos se encontró en su camita, bien arropada y caliente. Inclinado hacia ella, vio el rostro lloroso de su madre. Y le tendió los brazos como lo había hecho para decir: «Luna, lunera...» y recibir la fría caricia de sus rayos. Y ahora los tendía, pero para decir algo que valía más que todas las canciones a la Luna:

–Mamá... –y en vez del beso helado de la Luna, sintió sobre su frente el roce caliente de los labios de su madre.

–Duerme, niña..., ¡y no te vuelvas a marchar!...

Lidya cierra los ojos. El reloj de cuco da las once. Ahora, muchos niños sonreirán a su madre en sus camitas, y dirán también con los bracitos extendidos:

–Mamá...

–Calla, niño, y duerme..., ¡y no te vuelvas a escapar!...

Mientras, la Luna, fría y serena, seguirá impasible como cuando le cantaban «Luna, luna, lunera…».

Lidya no ve a Logo. Pero lo adivina cerca de ella. ¡Es tan bueno el duendecillo feo, de corazón hermoso!… Y Lidya no se equivoca. Porque Logo está allí, con las piernas cruzadas, a los pies de su cama.

De pronto, oye unos golpecitos en el cristal de la ventana, y mira hacia ella. La madre también mira pero sólo ve un rayo de Luna que se extingue. Y, distraída, sigue mirando a la niña.

Pero Lidya ha visto –o ha presentido– el gesto de despedida de Logo. Y hasta cree oír las voces:

–Adiós, Hijo de la Luna…, ¡que seas feliz!

–Adiós, Logo… Adiós, Lidya…

Después, silencio. Sólo el tictac del reloj lo interrumpe. El Hijo de la Luna ha muerto.

Lidya abre los ojos. Y los dirige, igual que los de Logo, al cielo, donde ha surgido una estrella más brillante, más expresiva que las otras. Y Lidya sonríe otra vez. Probablemente, Logo también sonríe.

Y los dos dicen a un tiempo:

–Buenas noches, Hijo de la Luna…

Y la estrella brilla al contestar:

—Buenas noches…

Luego vuelve a reinar el silencio. Lidya se ha dormido. La madre sale de la diminuta estancia.

Y Logo, con la cabeza inclinada sobre el pecho, duerme también su primer sueño feliz.

FIN

## Las lucecitas de plata

I

Hace bastante tiempo, vivía en el Gran Valle de Halania un muchachito de cabellos largos y ojos brillantes. Tenía un rostro redondo y simpático, las piernas y los brazos muy largos y la piel rubia de Sol.

Se llamaba Iván, pero era tan alegre que todo el mundo le llamaba Tilín, pues recordaba al cristalino son de las campanillas de plata.

Los días de mercado en Kernod salía muy de mañana con su lustrosa manada de orgullosos gansos blancos, de los que era guardián. Los labradores que se dirigían a segar a sus campos de trigo oían las alegres notas de su flauta de caña y el simpático «¡clicclac!» de sus pisadas rápidas sobre el camino, y sonreían al decir:

–Ahí va el alegre Tilín con sus gansos al mercado de Kernod.

Y al pasar, todos lo saludaban agitando sus pañuelos de colores.

Tilín les correspondía alegremente blandiendo al viento su sombrerillo de fieltro verde con pluma roja.

–Buena suerte, Tilín –le gritaban desde lejos.

Y Tilín les sonreía con aquella sonrisa que le encendía lucecitas de plata en los ojos azules y chiquitines.

Luego, cuando pasaba por los campos de flores, las saludaba diciendo:

–Buenos días, flores azules y rojas…, despertaos ya, que nuestro amigo el Sol empieza ya a encender la nieve de Montaña Alta… ¿No veis cómo se vuelve de color de rosa?… ¡Despertad, despertad y podréis verlo!…

Y las flores, que aún permanecían con los pétalos cerrados y empapados de rocío, comenzaban a abrirse lentamente. Y cuando se abrían todas, parecía que el campo entero sonreía al dar los buenos días a Tilín. Y las flores se cuchicheaban unas a otras:

–Mirad al amiguito Tilín, que es más madrugador que nosotras, lo alegre que está siempre. Y es porque puede disfrutar de la belleza del Amanecer… –y se apresuraban a desperezarse, y a secar el rocío de sus pétalos al calor de los primeros rayos del amigo Sol.

Y cuando pasaba sobre ellas Tilín se inclinaba sobre sus

la siempre. Y es porque puede disfrutar de
la belleza del amanecer... y se apresuraban a
desperezarse, y a secar el rocío de sus pétalos
al calor de los primeros rayos del amigo
Sol. Y cuando pasaba sobre ellas Tilín y
se inclinaba sobre sus pétalos al pregun-

pétalos al preguntarles: «¿Me queréis?...», las florecillas contestaban en un suave balanceo de su tallo fino y grácil:

–Te queremos, amiguito Tilín, porque eres alegre como las campanillas y bueno como el amigo Sol...

Y Tilín sonreía satisfecho, con aquella sonrisa que encendía lucecitas de plata en sus ojuelos azules y chiquitos.

Y los gansos, más orgullosos y satisfechos, se contoneaban cadenciosamente esforzándose en seguir los rápidos pasos de su guardián. Pero Tilín se alejaba rápidamente, y cuando los patos se apuraban y desesperaban, pensando que lo habían perdido, volvía a aparecer Tilín bailoteando, y riéndose al ver su atolondramiento.

Se comprende pues que, a fuerza de tantas carreras y bailes, cuando llegara al mercado, el rostro de Tilín estuviere más rojo que el disco del Sol al acabar de levantarse.

Luego, cuando el crepúsculo de la Tarde, volvía Tilín nuevamente por la senda blanca hacia el Gran Valle, con las manos en los bolsillos del pantalón y los ojos fijos en alguna estrella traviesa que guiñase burlonamente sus facetas. Y nuevamente, al pasar por los campos de flores, Tilín se inclinaba sobre sus pétalos temblones, y en voz bajita les decía:

–¡Dormid, dormid, flores rojas y azules!... ¿No veis cómo el amigo Sol ya no se ve apenas tras la Montaña Alta?... ¡Dormid en paz, y buenas noches!...

Y las flores cerraban sus pétalos sedosos, como se cierran los párpados de los niños cuando tienen sueño, y balbuceaban apenas:

–Buenas... noches... –también como suelen decir los niños.

Y sin querer, como Tilín también era un niño, iba cerrando poco a poco los ojitos, y cuando se encontraba a los labradores que volvían de segar, apenas si podía contestarles:

–Buenas... noches...

## II

A Tilín lo había recogido Abuelo Kane, cuando aún era tan chiquitín que no sabía mas que balbucear palabras incoherentes y había quedado solo en el Mundo.

Abuelo Kane, si bien tenía fama de no ser precisamente pobre, no la tenía de ser muy generoso ni bueno. Incluso los niños le tenían un poco de miedo. Todo el mundo quedóse pasmado al ver que el viejo adoptaba al niño huérfano. Pero más tarde se lo explicaron.

Tilín era el guardián de sus gansos, Tilín ordeñaba las dos vacas que pacían mansamente en el prado, y les cortaba grandes haces de hierba fresca y perfumada. Tilín iba al bosque a cortar grandes montones de leña que luego cargaba sobre sus espaldas, y llevaba a casa para el invierno. Y Tilín conducía los gansos al mercado de Kernod. Y todo ello a cambio de un colchón de pajas y de una vieja manta en el desván, y de un lugar en la mesa de Abuelo Kane.

La alegría de Tilín se extendía por todo el Gran Valle como el son de las campanillas. La sonrisa que encendía lucecitas de plata en sus pupilas brillantes y chiquitas era conocida por todo el mundo, y su simpatía irradiaba como el sol de verano. Tilín no envidiaba a los muchachos más ricos que él. Era feliz con su alegría perpetua y su eterna despreocupación. Quería a todos, y era querido de todos... Únicamente, Abuelo Kane...

Pero vayamos por partes.

El Abuelo Kane no era bueno. No se podía negar que, en algún tiempo, sus ojuelos negros habían sido grandes y extraordinariamente luminosos, su boca dura y seca había sido fresca

..."la sonrisa que encendía lucecitas de plata en sus pupilas brillantes y chiquitas, era conocida por todo el mundo"...

y roja, y mostraba al sonreír unos dientes grandes y blancos. Sus mejillas rugosas habían sido duras, tensas y morenas, y, claro está, la capa de hielo que le envolvía ahora el corazón no existía entonces. Pero... ¡hacía de esto tanto tiempo!... Fuerza es decir que la vida había sido dura con él, pero, ¿y él?... No había sabido tener paciencia ni resignación. Se le agrió el carácter, se heló su corazón y, mientras su frente tersa se poblaba de profundas arrugas sobre los ojos, se volvió vengativo. Y de vengativo, malo. Y de malo, perverso y cruel. Éste era el Abuelo Kane.

De modo que, como decía, únicamente el Abuelo Kane no quería a Tilín. El padre del muchacho había sido su peor enemigo. Y Kane pensaba explotar al niño y hacerle pagar todas juntas las *culpas de su padre*,\* como él solía decir para sus adentros.

¡Ay, pero Tilín era tan alegre que no había manera de hacerle sufrir!... Incluso cuando el Abuelo Kane se enfurecía con él por no traer bastante leña y sacaba el látigo de cuero para descargarlo sobre las espaldas del muchachito, Tilín saltaba por encima de la correa esquivando los golpes y bailando tan graciosamente que el Abuelo Kane tenía que desistir de pegarle.

Y no lo hacía Tilín por burlarse del viejo. Muy al contrario, lo hacía casi sin darse cuenta, y únicamente porque le acometían unas terribles ganas de ponerse a bailar y saltar sobre los zigzags de la silbante correa que se batía bajo sus pies.

Algunas veces, Abuelo Kane, pensaba mandar a Tilín a

\* Subrayado en el original. (N. del ed.)

alguna granja, donde nadie le conociese y donde probablemente sufriría. Pero luego pensaba…: ¿quién me guardará los gansos y me los llevará a Kernod?, ¿quién me cortará leña del bosque?, ¿quién ordeñará a Rosa de Mayo y Flor de Saúco, y les proporcionará buena hierba fresca?… No, no, indudablemente no me puedo desprender de él. Yo soy ya muy viejo para ocuparme de esas cosas, y como no tengo hijos ni nietos nadie lo podría sustituir. Tendría que tomar un criado, y la verdad, saldría perdiendo…

Pero no abandonaba sus proyectos de venganza.

Así transcurría la vida del Abuelo Kane y el pequeño guardián de gansos en la época en que hizo su entrada en valle grande el pequeño Jelberg… ¿Pequeño?…

Jelberg era… Pero no podemos hablar de Jelberg tan de prisa.

Para ello necesitamos un capítulo aparte. Porque el pequeño Jelberg es muy grande.

## III

Ahora, pequeño lector, acomódate bien en tu asiento y prepárate a leer todo lo referente al «pequeño-gran Jelberg» con toda la seriedad de que seas capaz, y si has probado de estarte quieto durante un ratito, te vendrá bien repetirlo ahora, porque podría suceder que el «pequeño-gran Jelberg» se ofendería terriblemente al ver que no tienes en cuenta la importancia de su persona. Y vayamos al asunto:

Pues señor, Jelberg no levantaría probablemente palmo y medio del suelo. No, es muy posible que no lo levantara; pero la estatura es lo de menos cuando el cuerpo abriga a un genio.

Jelberg pertenecía a una de las más nobles familias de la raza de los duendes Benéficos.

Su padre era el Gran Limo, el duende que habitaba desde hacía más de treinta años en la biblioteca del rey de Halania. Cuando el monarca era todavía un niño, Limo había sido su mejor amigo. Más tarde, el pequeño príncipe se transformó en el joven monarca y perdió el don, al roce de los hombres, de ver con los ojos de la Imaginación. De esta manera, no volvió a ver al duende, ni siquiera se acordó de él.

El Gran Limo lloró dolorosamente el olvido de su amigo y enseñó a su hijo Jelberg a odiar a los hombres y a no fiarse de los niños, pues más tarde crecen y se vuelven incrédulos y olvidadizos. Así, el Gran Limo pasaba pacíficamente su vejez tranquila entre el polvo y los libros de la Quinta Estantería.

Hasta que Jelberg se hizo mayor, y un día lo llamó a sus posesiones.

Jelberg trepó por los libros desde la Segunda Estantería, que era donde habitaba, hasta hallarse en presencia de su padre.

El Gran Limo lo hizo sentar sobre un tomo tan cubierto de polvo que Jelberg se hundió en él como en una alfombra.

—Hijo mío —dijo atusándose su corta barbita roja (1)—, creo que ha llegado la hora de separarnos. Tú eres ya mayor y estoy contento de ti.

El Gran Limo carraspeó y Jelberg guardó prudente silencio mientras trazaba con un dedo sobre el polvo el mapa de Halania, que había visto en un Atlas y le tenía completamente trastornado.

---

(1) Los duendes no encanecen nunca. *(N. del a.)* [sic]

—Creo —continuó su padre— que ya has recibido prudentes y sabios consejos de tu padre, que te bastarán para andar por el mundo si los sabes poner en práctica. Así que puedes partir inmediatamente, y que la suerte te acompañe.

Terminado este discurso que previsoramente había preparado tres días antes, y dicho casi sin respirar, el viejo duende suspiró tan fuertemente que lanzó una espesa nube de polvo a su hijo, no sabemos si a causa de la emoción o porque la resistencia de sus pulmones había llegado al límite.

Jelberg estornudó tres veces consecutivas, y tras de secarse las lágrimas de los ojos con el pañuelo (tampoco estamos muy seguros si de emoción o a causa del polvo) Jelberg despidióse respetuosísimamente de su padre y descendió nuevamente a su estantería, llevándose todo el polvo de los libros en su traje.

Cuando llegó a Segunda Estantería, recogió sus efectos, que guardaba en el Atlas, y que se componían de una bolita de cristal que había encontrado por allí y como le gustó terriblemente se la quedó, un pequeño lápiz que le servía de bastón y un par de plumillas que en caso de agresión utilizaría como arma blanca. Metió todo, menos el bastón, en un diminuto hatillo y echándoselo a la espalda cogió su cayado, y de un salto se situó sobre una pila de libros que llegaba hasta el suelo. Descendió por ellos rápidamente y se dirigió a la ventana. Encaramóse por la cortina y cuando se halló en el antepecho se volvió a mirar a su padre. El Gran Limo le saludó con la mano. Jelberg sintió que su pecho se henchía de placer y que el corazón no le cabía dentro. Saludó también con la mano y se lanzó al Mundo.

Jelberg era poderoso y respetado. Vivió por algún tiempo en el huerto del señor Lotto, bajo una mata de lilas.

En el huerto se le miraba con educación y un poquitín de temor. Las hormigas le obsequiaban con sus mejores granos de trigo. Los escarabajos le limpiaban la vivienda; las flores le ofrecían el rocío fresco y aromático de la mañana, que él bebía de sus pétalos sedosos, y los pájaros lo montaban sobre sus lomos mullidos y suaves y lo paseaban, volando sobre los altos tallos, y aun sobre las copas de los árboles.

Alguna vez, la ardilla que habitaba en el Árbol Viejo le ofrecía alguna castaña, que Jelberg rechazaba amablemente, pues conocía los apuros económicos de la pobre señora, que contaba con cinco hijos a cual más feo y más malo, que sólo pensaban en comer y en tirar del rabo a los conejos.

Así transcurrieron los primeros meses de su entrada en el Mundo. Pero, cierto día, pensó que no era agradable pasar el tiempo así, sin viajar, conocer mundo y poder conocer a fondo al Hombre.

Así que tornó a hacer su hatillo, añadiendo esta vez cuatro nueces, que dio a pelar a la ardilla, naturalmente, porque las cáscaras pesan demasiado.

Y he aquí que, después de caminar mucho y convertirse en un importante y popular duende, y después de recorrer toda la Halania Baja, se dirigió al Norte, e hizo su entrada en el Gran Valle, como dijimos en el capítulo anterior.

Y volviendo a lo que estábamos, dejaremos un momento al pequeño-gran Jelberg para volvernos a ocupar de Abuelo Kane y el Alegre Tilín.

# IV

—Mañana es día de mercado, Tilín —dijo Abuelo Kane, mientras doraba su pan a las llamas del hogar—. Llevarás los cinco gansos más gordos de la manada.

—Muy bien, Abuelo Kane —repuso Tilín, hundiendo sus dientecillos en una fina rebanada de pan cubierta de blanca mantequilla, mientras se encendían en sus ojuelos las lucecitas de plata.

—Vete ahora —prosiguió Abuelo Kane, volviendo del otro lado su pan— al establo y entra unos leños para avivar el fuego. Luego, trae un cubo de agua del pozo, echa el cerrojo del huerto y después puedes subir a acostarte. Pero date mucha prisa.

Tilín terminó de comer rápidamente y salió presuroso.

Cuando entró en el establo notó cierta agitación. Las vacas mugían y agitaban las colas nerviosamente. Konnel, el caballo, daba fuertes coces en el aire, y el ratoncillo que habitaba en el agujero del rincón asomaba por éste su tembloroso hociquito rosado.

Tilín se dirigió a los montones de leña y, tomando algunos leños, fue a salir. Pero entonces vio algo rojo que se movía en-

..."Y tomando algunos leños fue a salir. Pero entonces"...

tre las pajas del pesebre. Extrañado, se acercó y buscó entre el heno. Vio otra vez moverse algo y hundió la mano. Pero sintió que un cuerpecillo caliente se escurría de sus dedos y huía rápido como una centella sin que pudieran seguirlo los ojos.

Sonrió Tilín, y creyó comprender. Maquinalmente, siguió tocando las pajas y de pronto sus dedos dieron con algo duro pequeño y redondo. Sacó rápidamente la mano y vio que era una pequeña bolita de cristal verde.

Entonces sonrió maliciosamente y dijo:

—La debió de dejar caer... Está bien, me la quedaré y no tendrá más remedio que venirla a buscar... ¿Por qué me habrá huido? —concluyó pensativo.

Se la metió en el bolsillo y volvió con los leños. Encendió más fuego y luego, cogiendo el cubo, se dirigió al pozo. Ató el asa a la cuerda y lo hizo descender rápidamente. Luego que oyó el ruido del agua tiró de la cuerda, notando que pesaba el cubo más que de costumbre.

Cuando lo tuvo arriba se llevó una gran sorpresa. Sentado a horcajadas sobre el borde del cubo vio a un duende. Vestía de rojo, tenía negra y rizada cabellera y orejas puntiagudas. Parecía terriblemente enfadado, al decir con voz irritada y los puños apretados:

—¿Cómo me has podido ver?... Estaba muy confiado creyendo que no me verías, cuando te has abalanzado sobre mí... He dejado caer mi bolita verde. Tú la debes de tener. Dámela inmediatamente.

Tilín comenzó a reírse con toda el alma y, sacando la bolita verde de un bolsillo, se la entregó diciendo:

—Tómala, simpático microbio... ¿Por qué me has huido?... No me lo explico...

El rostro de Jelberg enrojeció hasta el punto de confundirse con su gorro. No pudo pronunciar palabra porque la indignación y la rabia le tenían mudo. Arrebató la bola verde de manos de Tilín y huyó como por encanto.

Tilín profirió una alegre carcajada. Recogió el cubo del suelo, corrió el cerrojo del huerto y subió al desván. Poco después, dormía, olvidado de todo y soñando con la nueva flauta de caña que se compraría en Kernod.

## V

Aquella noche, Jelberg fue a acostarse a los campos de flores rojas y azules, bajo una mata de abrojos. Ya calmado de su furor, dedicóse a reflexionar con calma los sucesos ocurridos:

Primeramente, su entrada en el establo donde había asustado a Rosa de Mayo, a Flor de Saúco y al viejo caballo Konnel. Había acudido a buscar refugio caliente entre las pajas del pesebre.

Cuando entró Tilín, siguió tan tranquilo, pues su padre le había dicho muchas veces que los niños ya no creían en los duendes, y por lo tanto no los veían.

El hecho de que Tilín le hubiera visto le tenía perplejo. Primeramente se había enfurecido. Pero luego sintió gran preocupación.

En esto estaba, cuando empezó a amanecer, y oyó una voz alegre y juguetona que cantaba acompañada de una música alegre; de trecho en trecho.

–¡Buenos días, flores rojas y azules!... Despertaos ya, que nuestro amigo el Sol empieza a encender la nieve de la Montaña Alta... ¿No veis cómo se vuelve de color de rosa?... Despertad, despertad y podréis verlo...

Todas las flores abrieron sus pétalos y el campo sonrió al nuevo día.

Deslumbrado de tanta belleza, Jelberg permaneció silencioso. Entonces oyó a las flores que decían:

–¡Ya va el pequeño Tilín al mercado de Kernod!...

–¿Quién es el pequeño Tilín? –preguntó a una florecilla roja.

–Míralo –le contestó–. Allá viene, saltando sobre el campo, abandonando la senda blanca, para darnos los buenos días...

Jelberg entornó los ojos, y poniéndose una mano a modo de visera, para que la luz rojiza del sol naciente [?], miró hacia donde le dijo la florecilla.

Y profirió una exclamación de asombro: sí, él era. Era el mismo...

Suyos aquellos cabellos largos y dorados, que se desparramaban como lluvia de oro sobre sus mejillas al inclinarse hacia las flores para preguntarles:

–¿Me queréis?...

Y suyos aquellos ojos azules y chiquitos, que se encendían de plata al oír contestar:

–Te queremos, Tilín, porque eres alegre como las campanillas y bueno como el amigo Sol.

Y suyo, en fin, aquel rostro redondo y dorado, que se iluminaba todo al sonreír, con aquella sonrisa que le encendía las pupilas...

–¿Quién es Tilín?... ¿Un niño? –preguntó a la florecilla roja.

–Sí, un niño, alegre como las campanillas. Es un ser humano, pero de esos que ya casi no quedan, ¿sabes?... ¡Puede ver con los ojos de la Imaginación!... –y la florecilla se balanceó negligentemente.

Jelberg rascóse pensativo la rizada melena. Mordió el extremo de su lápiz-bastón y, sentándose sobre una seta, silbó tres veces de un modo especial.

Al oír aquel silbido acudió un pájaro negro de pecho rojo y ojos brillantes.

–Amigo –le dijo–, llévame a la biblioteca del palacio del rey de Halania. Pero no, en la capital, no... de Chesterlen. Te daré una nuez.

–Muy bien –contestó el pájaro–. Pero guarda la nuez. Sé que eres el Gran Jelberg, y es un placer para mí ayudarte.

–Gracias –dijo Jelberg acariciando halagado la cabeza del pájaro.

Al cabo de un rato, el pájaro y su jinete se convirtieron en un lejano puntito sobre el cielo azul...

Tilín seguía bailando, hacia el mercado de Kernod, alegre como las campanillas de plata.

# VI

El Gran Limo se hallaba dando cabezadas apoyado sobre un tomo de Física, cuando alguien le llamó:

–Padre...

Abrió los ojos y su asombro no tuvo límites al ver a su hijo.

–¡Cómo, Jelberg!... ¿Tú por aquí?... ¿A qué se debe esto?... ¿Es que no te seduce la Libertad?... ¿Prefieres seguir siendo un pacífico duende de biblioteca?... ¡Ay, hijo mío, tú no sabes que...! –Pero tuvo que interrumpirse ante los gestos de su hijo.

–¡Chst!... Calle, padre, calle... paciencia: no, no estoy cansado del mundo, sino que vengo a consultarle un caso importante.

El Gran Limo pronunció un «¡ah, vamos!» y adoptó un aire de superioridad al tiempo que se esponjaba de satisfacción.

Entonces Jelberg le explicó con todo detalle el caso de Tilín que, siendo un niño, sabía ver por los ojos de la Imaginación.

–No es posible –exclamó su padre.

Pero tanto y tanto insistió Jelberg, que el Gran Limo no tuvo más remedio que creerle y decidirse ir él mismo en persona a gestionar el caso.

Montaron ambos sobre el pájaro y partieron veloces. Cruzaron la Baja Halania, y se dirigieron al Norte. Tres días después, volaban sobre el mercado de Kernod y divisaban la torre del campanario de la Iglesia de Gran Valle.

–Lo mejor –dijo el pájaro– es que aterricemos en la torre de la Iglesia. Vive allí un viejo duende amigo mío que puede seros útil.

–Muy buena idea –aprobó el Gran Limo.

En efecto, cuando se hallaron a pocos metros de la Torre de la Iglesia, el pájaro empezó a silbar una extraña tonada y apareció en el marco de una ventana ojival, de ladrillo, el citado duende.

Llevaba un gorrillo puntiagudo de lana verde y calzaba zapatillas a cuadros.

Saludó alegremente al pájaro, agitando su gorrillo. Mas cuando vio que el pájaro se paraba en la torre, y de él descendían dos duendes de distinguido aspecto, abrió los ojos y la boca de manera inverosímil.

–Te presento, pequeño Tip –dijo el pájaro–, al Gran Limo, y a su hijo el Gran Jelberg. Creo que podrás alojarlos aquí, y les ayudarás cuanto puedas.

Tip asintió y consintió a todo. Después se disculpó por recibirles en zapatillas, pero es que hacía mucho frío y así estaba más abrigado.

–No tiene importancia –aseguró el Gran Limo.

Tip vivía justamente al lado del nido de la cigüeña. En invierno podía disponer de él por completo, pues se hallaba deshabitado. Pero al llegar la primavera, retornaba la cigüeña y entonces solamente se le permitía disponer de un rinconcito para dormir, las noches que hacía mucho fresco.

El duende de la Torre y la cigüeña eran muy amigos.

–Venimos –dijo Jelberg– a pedirte noticias de cierto muchacho que puede vernos. Se llama Tilín.

Tip se rascó la coronilla, echando hacia atrás su gorrito verde.

–¿Tilín?... ¿Tilín?... Esperad que reflexione... ¡Ah, sí, Tilín!... ¡Ya lo creo!... ¿No lo voy a conocer?...

–Tiene el cabello largo y dorado, los ojos pequeños y muy brillantes, y es alegre como las campanillas de plata... –apuntó Jelberg.

–¡Cierto, cierto! –asintió el duende de la Torre–, lo conozco porque suele cantar los domingos en el coro de la Iglesia.

Tiene una voz muy hermosa y acostumbra a guiñarme los ojos cuando me ve contemplándolo desde la Torre. Es cierto que nos ve. Y que habla con las flores, y con el Sol, y con los gansos que guarda...

-Entonces -interrumpió el pequeño-gran Jelberg-, ¿es cierto que puede ver con los ojos de la Imaginación?... -y al decirlo brillaban sus ojos.

Tip asintió con la cabeza.

-Es muy probable...

El Gran Limo tomó entonces la palabra.

-Es menester -dijo- procurar que, ya que posee ese don precioso, no lo pierda al hacerse hombre... Los niños crecen, y al hacerse mayores se tornan escépticos y nos olvidan, incrédulos. Incluso hay algunos que se olvidan de nosotros y hacen creer a sus hijos que no existimos. Ésa es la causa de que hoy día no crean los niños en los duendes. De manera que es notable que ese niño posea ese don.

Hizo una pausa, para disimular su emoción al decir, frotándose su roja nariz y parpadeando nerviosamente:

-No te fíes de todas maneras, Jelberg, de los niños. Yo fui el mayor amigo del rey cuando era niño. Parece que lo estoy

..."Y agachandose hablo al oido de Jelberg"...

viendo: tenía los cabellos rubios y ensortijados y los ojos grandes y pardos. Escuchaba maravillado mis historias y no estudiaba nunca. Durante mis clases, las pasaba haciéndome guiños y señas. ¡Qué feliz época de mi existencia!... Pero luego creció, y se lo llevaron del palacio de Chesterlen para trasladarlo a la corte... Cuando volvió, yo le saludé con alegría desde un tomo de Química. Ya no tenía el cabello ensortijado y rubio, y sus ojos habían perdido su luminosidad... Era hombre. Desvió la vista de mí, sin verme. Me había olvidado. Desde entonces, juré odio a los hombres, y desconfío de los niños... –y el Gran Limo se sonó fuertemente con un pañuelo amarillo.

El duende de la Torre y Jelberg hicieron como que no se apercibían de los lagrimones que resbalaban a lo largo de su nariz. Al fin y al cabo, era ya muy viejo, y había que perdonarle tales debilidades. Porque, aunque no se lo confesase ni a sí mismo, el Gran Limo quería todavía a su monarca.

–Bien, bien –dijo Jelberg–, hay que cuidar de ese tesoro, para que no se pierda. Hay que cuidarlo todo lo posible. Nos conviene que no se pierda, para volver a ocupar algún día el lugar que antiguamente teníamos en el Mundo.

–Tengo una idea –dijo de pronto el duende de la Torre.

Y agachándose, habló al oído a Jelberg. Tan larga fue la conferencia, que el cielo se empezó a tornar violeta sobre la Montaña Alta y alguna estrella curiosa se asomó por la ventana de la Torre. Y cuando el cielo se volvió de un azul oscuro y las estrellas parecían no caber en él, y el reloj de la Torre dio once campanadas, aún seguían dialogando Tip y Jelberg, mientras el Gran Limo, sentado en el borde de una de las ventanas, dormitaba plácidamente, soñando, quizás, en los tiempos felices en que un rey tenía el cabello rubio y rizado y unos ojos grandes, pardos y brillantes...

# VII

Era domingo. El cielo estaba azul como nunca, y los campos de trigo brillaban como alfombras de oro. Las campanas de la Iglesia repicaban insistentes. Sus voces de bronce se extendieron por todo el Gran Valle de Halania, y los labradores, con sus trajes nuevos de terciopelo bordados en colores, se apresuraban, con el libro de oraciones en la mano, a ocupar los bancos de la nave.

Tilín subió al coro como siempre. Por la ancha ventana, se distinguía perfectamente la Torre del campanario, con su nido de cigüeñas y el duente Tip con su gorro verde y sus zapatillas a cuadros.

Tilín no lo vio. Le extrañó porque nunca faltaba, y siempre solía contemplarlo, montado a horcajadas sobre el borde de la ventana ojival.

…«Tilín subió al coro»…

Sonó el órgano y Tilín empezó a cantar.
Pero una fuerza extraña le hizo volver la cabeza y fijarse en el campanario.

..."Tilín subió al coro"...

Entonces vio a Tip, a Jelberg y al Gran Limo que le hacían amistosas señas.

Tilín les sonrió sin dejar de cantar y les guiñó los ojos.

Pero los duendes empezaron a llamarle entonces desesperadamente y a decirle por señas que fuese en seguida con ellos.

Tilín, les hizo saber, también por señas, que era imposible.

Durante el tiempo que duró la Misa estuvieron llamándole y Tilín se equivocó dos veces. Y no le dejaron en paz hasta que les dijo:

—Cuando termine la Misa, subiré a la Torre. Antes me es imposible. Estaos quietos.

Sin embargo, no pudieron estarlo mucho tiempo, y Tilín tuvo que hacer verdaderos esfuerzos para no volverse a equivocar.

Una vez terminada la Misa, Tilín, en lugar de volver a casa con Abuelo Kane, subió al campanario.

Buscó a los duendes y no tardó en verlos, sentados en el borde del nido de la cigüeña.

—Buenos días, duendes —les dijo sonriendo amistosamente—. ¿Por qué me llamabais?...

—Querido Tilín —dijo Jelberg—, posees el don inapreciable

de vernos y de comprendernos. Sería una lástima que lo perdieses al roce de los hombres. Para ello, te proponemos que si quieres venir con nosotros una temporada. Queremos hacerte ver todas nuestras cosas maravillosas. Y son tan fantásticas que ya nunca nunca [sic] se borrarán de tu memoria. Por lo cual es difícil que llegues a olvidarnos… ¿Quieres probar?…

Tilín asintió con la cabeza mientras sus ojos brillaban.

–¡Naturalmente, queridos duendes!… Me hacen el muchacho más feliz sobre la Tierra. A veces pienso lo delicioso que sería poder ver las maravillas que están ocultas a los ojos de los hombres. Yo he podido descubrir bastantes por mí mismo, pero, ¡soy tan ambicioso!… No me contento con verlas: quiero vivirlas… Sois muy buenos al hacerme tal proposición. Y tú –añadió dirigiéndose a Jelberg– perdóname si involuntariamente te ofendí llamándote microbio.

–No tiene importancia –respondió el interpelado, ruborizándose cómicamente.

–Te gustará –añadió Tip–. Y estoy convencido de que lo que veas no lo olvidarás jamás.

Era, precisamente, para eso. Se entusiasmaría tanto que no perdería el don, y… sus corazoncillos tremolaban de alegría

pensando que algún día volverían a recobrar su puesto entre los hombres. Fuerza es decir que eran algo ambiciosos pero…, ¿qué se le va a hacer?… Al fin y al cabo, los pobres tenían derecho a defender su antigua importancia.

–Magnífico –dijo Tilín alegremente.

–Pues vamos a empezar. Cierra los ojos, Tilín –dijo el Gran Limo.

Tilín los cerró. Oyó cómo cantaban una canción extraña,

acompañada de un cuerno de plata que sacó de su cintura el Gran Limo. Luego que terminaron, le besaron uno por uno en la frente y Jelberg dijo:

—Abre los ojos, Tilín.

Al abrirlos, tuvo el niño la mayor sorpresa de su vida. La Torre le parecía enorme, el nido de la cigüeña era capaz de contener una veintena de muchachos como él, y por último, los duendes tenían su estatura.

—Ya comprendo —dijo—, me habéis disminuido de tamaño.

Cualquier muchacho hubiera prorrumpido en llanto, al verse transformado en duende. Pero Tilín hizo lo único que podía hacer él: prorrumpir en sonoras carcajadas.

# VIII

Cuando Tilín vio todas las maravillas de los duendes, experimentó la sensación de que su vida hasta entonces había sido insulsa y falta de atractivo. Ni siquiera los días que iba a vender los patos al mercado de Kernod le parecían divertidos.

Vio cosas maravillosas. Pudo dormir en las estanterías de la Biblioteca del Palacio de Chesterlen. Le parecía delicioso saltar de libro en libro, a cubierto de las miradas de los hombres.

Después subió a una estrella, donde algunos duendes traviesos se entretienen haciendo burla a los mortales. Permaneció dos noches acostado entre los pétalos de una flor y vivió unos días en la tienda de un viejo comerciante.

Era estupendo poder corretear por entre los mostradores, introducirse en las cajas de hojadelata, sentarse sobre las monedas del cajón del dinero y dormir tras los botes de confitura. Había conversado con una araña y había comido, convidado por un ratón, de un gran queso de Gruyère.

—Es gracioso —pensaba con la boca llena— cómo siempre las personas echan la culpa de todo a los ratones, sin tener en cuenta que los duendes también hacen de las suyas.

Y no decía mentira porque KoKo, el duende de la tienda, habitaba dentro de un gran queso de Holanda.

En fin, ¿qué más puedo decir?... Sería inútil comenzar a enumerar las miles de cosas que vio, oyó y vivió, porque no acabaríamos nunca, y mucho menos te acordarías tú de ellas. Diré por último que donde más se divirtió fue en la escuela.

En la escuela vive el duende más travieso de todos. Él es quien distrae a los niños haciéndoles seguir el vuelo de una mosca, o trayéndoles justamente frente a su pupitre un rayo de sol que baile ante sus ojos. Él es también quien vuelca los tinteros, esconde las gomas, rompe la punta de los lápices y guía la pluma para que salgan las letras torcidas. Él es quien combina los números de las sumas de manera que sea más difícil y resulte inevitable la equivocación. ¡Dios mío, si supierais que es él quien os hace tener siempre el pupitre en desorden!... A buen seguro que muchas veces os habréis preguntado cuál será la causa de ello.

También es el que, cuando os llaman al mapa con el largo puntero, hace temblar la punta de éste y no deja señalar nunca un punto determinado... ¡Ah!, y también es él quien hace bailar los rayos del sol sobre la reluciente calva del profesor. En

resumidas cuentas, que es él quien distrae a los niños y les hace bostezar terriblemente.

Tilín se divertía enormemente y su alegría contagiaba a los demás duendes, que preguntaban a Jelberg:

–¿De dónde has traído a ese duende tan simpático?...

Y Jelberg respondía siempre:

–Es Tilín, del Gran Valle de Halania, en el Norte.

Y todos se maravillaban y le admiraban al saber que procedía de la Halania Alta, del maravilloso Norte, del que habían oído tanto hablar.

Pero al fin, todo llega en este mundo. Después de una o dos semanas de vida de duende, Jelberg le anunció que ya era hora de que volviese a su vida anterior.

–Ya ha pasado el plazo que necesitabas para no olvidarnos. Vamos, creo yo que estas cosas maravillosas no las olvidarás con facilidad. Por lo tanto es menester que vuelvas a ser niño. Cierra los ojos, Tilín.

Así lo hizo, y cuando el duende terminó su canción y le hubo besado en la frente, los abrió. Y al abrirlos se halló acostado en su colchón de pajas, en el desván de la casa de Abuelo Kane. Se restregó los ojos y experimentó la impresión de que había despertado de un sueño. Los primeros rayos del sol entraban por el pequeño ventanal, y le dijeron al oído:

–Recuerda, Tilín, que hoy es día de mercado en Kernod.

Pero en lugar de sentir una intensa alegría, se apoderó de él una gran nostalgia.

Por primera vez en su vida experimentó una honda tristeza.

Perezosamente, se vistió, y cuando bajó, halló al Abuelo Kane tostando pan frente al hogar.

Tilín esperó la repulsa, y que le preguntase la causa de su ausencia. ¡Ah, pero los duendes habían sido previsores!...

El Abuelo Kane lo miró con la misma indiferencia y frialdad de siempre y se limitó a decirle:

–Parece que se te han pegado las sábanas. ¿No recuerdas que hoy es día de mercado en Kernod?... Escoge los cinco gansos más gordos y parte veloz si aún quieres llegar a tiempo. Nunca sueles dormirte, y espero que ésta será la primera y última vez. Si no... ya me encargaré de que no vuelva a ocurrir.

–Está bien, Abuelo Kane –dijo tristemente Tilín.

No sintió ilusión alguna al escoger los cinco gansos. Permanecía silencioso y con la cabeza baja.

Salió por la senda blanca. Esta vez fueron los gansos los que le adelantaron, y no se oía la alegre música de su flauta de caña. Los labradores que lo veían, desde sus campos de trigo, se preguntaban.

–Qué raro está hoy Tilín, ¿que habrá sucedido?...

Cuando pasó por los campos de flores, hacía rato que éstas se habían despertado por sí solas. Cuando le vieron venir, con paso lento y la mirada triste y pensativa, se inclinaron unas a otras y dijéronse a impulsos del viento suave de la mañana:

–¿Qué tendrá Tilín del Gran Valle?... ¿Cómo no nos ha venido a despertar con la música de su flauta de caña?...

»¡Parece triste y pensativo!...

En efecto, cuando pasó por su lado no se inclinó para decirles:

–¿Me queréis?...

Fueron las flores las que lo llamaron y le preguntaron la causa de su tristeza.

–Estoy triste –les dijo– porque he vivido unos días maravillosos que no volverán jamás: he estado con los duendes...

–¡Pobre Tilín!... –se compadecieron las flores.

Y se pusieron ellas también tristes y marchitas.

Cuando llegó a Kernod, Tilín estaba aún más melancólico que antes y pasó el día entero con la cabeza entre las manos y llorando sus primeras lágrimas. No podía quitarse de la cabeza la idea de que ya jamás podría ser duende. No vendió ni un solo

ganso, y volvió, ya noche cerrada, al Gran Valle y con los cinco gansos.

Cuando pasó por el campo de flores el cielo estaba ya acribillado de estrellas y las flores dormían profundamente.

Tampoco halló a los labradores que venían de la siega.

El Abuelo Kane se enfureció terriblemente al ver que no había vendido los gansos.

–No sé qué tienes hoy –dijo, rojo de cólera–. Pero estás hecho un gandul. Ya te haré yo avivar. Aguarda y verás.

Se dirigió al armario y sacó su látigo de cuero. Golpeó furiosamente a Tilín que, como no estaba alegre como otras veces, no pudo saltar esquivando los golpes, y cayó al suelo retorciéndose de dolor.

No pudo levantarse y subir al desván, por lo cual al poco

rato quedóse profundamente dormido junto a las llamas del hogar.

No hacía media hora que dormía, cuando despertó al sentir que lo llamaban:

—Tilín... ¡Tilín, despierta!...

Se sentó en el suelo, y vio entonces a Jelberg. Su rostro se iluminó de alegría, y aparecieron las lucecitas de plata en sus ojitos azules y chiquitines.

—¡Jelberg!... ¡Si supieras qué desgraciado soy! –dijo–. ¡He perdido mi alegría y paso el día llorando!... Sólo pienso en vosotros y en los días mágicos que pasé en vuestra compañía...

Jelberg sonrió y le dio unas palmaditas en el hombro.

—¡Bah! –dijo–, ¡no te preocupes!... Eso será los primeros días... Mejor, eso es síntoma de que no nos olvidarás tan fácilmente...

Al decir esto, desapareció, confundiéndose su roja personilla entre las llamas del hogar.

Tilín volvió a dormirse, esperanzado.

Al día siguiente, sin embargo, le ocurrió lo mismo y aún más que el día anterior. Y un día, y otro día, y cada día que pasaba era mayor su pena.

Había perdido su alegría y su destreza, y se pasaba el día llorando amargamente.

No servía para nada y nada hacía a derechas.

El Abuelo Kane se enfurecía, y le pegaba y maltrataba tanto que su cuerpo estaba lleno de cicatrices y cardenales. No le daba apenas de comer, y no le permitía dormir más de dos horas. Con todo esto, Tilín estaba pálido y enfermo, y su piel había perdido el rubio tostado del Sol.

Cierto día, Abuelo Kane tomó una determinación:

—Mandaré al chico a una Granja. Después de todo, no me sirve para maldita la cosa y haré mejor tomando un criado. Sí, sí, decididamente, eso es lo que haré.

Habló con el Granjero Samuel, y le entregó al muchacho, por dos monedas de plata al mes.

—Perfectamente —dijo acariciándolas.

Las escondió detrás de la chimenea, en un hueco secreto, donde tenía todo su dinero, y sonrió satisfecho, pensando en la venganza que había inferido a su antiguo rival.

## IX

La Granja de Samuel se hallaba a tres millas del Gran Valle y a una de Kernod. De esta manera, tenían el mercado más cerca.

Tilín pasó unos terribles días. Tenía que trabajar de la mañana a la noche y siempre vigilado por el Colono Mayor, que nunca encontraba nada bien hecho. Cuando lo veía sin trabajar le pegaba con un grueso cayado.

Tilín, cada vez más triste, no comía apenas, trabajaba horrores y dormía mal, sobre un montón de pajas en el establo. Además, los golpes y malos tratos que recibía le habían molido el cuerpo y no podía mover un brazo sin sentir crujir sus huesos con dolores agudos.

Solamente había en la Granja una persona que le quería. Era un viejecito, que nadie sabía cuántos años tenía y al que todos amaban por su buen corazón, que aún era joven, y que se reflejaba en sus ojos, sobre todo cuando sonreía, sus pupilas brillaban como las de un niño. Todo el mundo le llamaba «viejo Yksie».

Desde el primer día que lo vio el viejo Yksie sintió gran cariño por el pequeño Tilín.

Procuraba consolarle cuanto podía y llegaron a hacerse grandes amigos.

Cierto día, al pequeño Tilín le fue imposible levantarse de entre sus pajas. Estaba enfermo. Pasaron cuatro días y cada vez se encontraba peor. Nadie se preocupaba de él, y fue entonces cuando se dio cuenta de que estaba solo en el mundo. Lloró silenciosamente.

Cuando el viejo Yksie se enteró, corrió cuanto le permitieron sus piernas, que eran ya muy viejas. Pero como las guiaba el corazón, que era muy joven, llegó en seguida al establo.

Cuando el pequeño Tilín lo vio venir, sintióse alegre por primera vez desde que llegó a la Granja, alegre como cuando despertaba a las flores rojas y azules, de camino a Kernod.

Sonrió, y en sus ojuelos pequeños y azules aparecieron las

lucecitas de plata. Al verlas, el Viejo Yksie abrió mucho los ojos. Se sentó al lado de su amiguito y le preguntó:

–¿Qué te pasa, Tilín, que estás tan triste?... Lo noté desde que viniste aquí. No te he visto sonreír nunca hasta ahora y... Pero primero, cuéntamelo todo, y quizás pueda ayudarte.

Tilín movió la cabeza negativamente.

–Lo dudo –dijo–, pero se lo contaré.

Y acto seguido se lo explicó. Al acabar, dijo con un largo suspiro:

–Después de todo, voy a morir, y todo ha terminado...

–No morirás, Tilín –dijo el viejo, para consolarle, pasándole la mano por los rubios cabellos.

Al oír la causa de la tristeza del niño, sus ojos se habían iluminado también, ¡cosa rara!, de lucecitas de plata.

–Sí moriré –sostuvo Tilín, casi sin voz.

El viejo Yksie lo miró intensamente a los ojos, y dijo:

–Óyeme, Tilín. Los duendes, han hecho mal llevándote con ellos durante un cierto tiempo, creyendo que así no los olvidarías. Pero únicamente han conseguido entristecerte y hacerte desgraciado. Ellos no saben que es imposible evitar que un niño les olvide. Si no les olvidan ha de ser por las propias fuerzas del que posee el precioso don... Los duendes no se han fijado en que tienes en los ojos las lucecitas de plata que permiten ver con los ojos de la Imaginación. Dios se las da a algunos niños cuando nacen, y las pone en su corazón. Y al sonreír les asoman a los ojos. Ahora bien, esos niños no es fácil que olviden a los duendes. Algunos sí. Muy pocos, pero algunos, pierden las luces de plata, al roce de los hombres, cuando crecen. Yo también las poseo, y no las he perdido. Ahora, sonríe, Tilín, y verás como tú también las posees...

Pero Tilín suspiró amargamente.

–¿De qué me sirven –dijo– si no podré nunca ser duende?

El viejo Yksie se inclinó más hacia él.

–Óyeme, otra vez, Tilín. Tú eres mucho más feliz que los duendes... Sí, mucho más feliz: ¡porque tienes un alma inmortal!... Ellos no la tienen, ¡y darían tanto por poseerla!...

Quedóse Tilín pensativo y asombrado.

De repente, sintió como si volviera a renacer en su corazón la primavera, y oyó la alegre música de su flauta de caña, y el cristalino tañer de mil campanillas de plata.

–Es verdad –dijo–, ¡qué tonto he sido!... Ignoraba que mi felicidad es mucho mayor que la de los duendes. Poseo las luces de plata que me permiten compenetrarme con ellos y con sus maravillas, y poseo una alma inmortal... ¡Ahora sí que no me importaría morir!... –y su sonrisa era tan feliz, que las lucecitas de plata brillaban como diamantes.

Al caer de la tarde, dijo:

–Viejo Yksie..., me voy a dormir...

El viejo Yksie comprendió lo que aquello significaba y le preguntó:

–Bien..., ¿y a quién quieres dejar tus lucecitas de plata?...

Tilín pensó unos momentos. Luego, con un hilito de voz, apenas perceptible, murmuró:

–Creo que el Abuelo Kane... fue en su juventud... bueno y feliz... Ya... es muy viejo... y pueden hacerle falta...

Después, se durmió sonriendo siempre. Y se despertó en el Cielo.

Al cerrar los ojos, rodaron por sus mejillas las lágrimas brillantes. Eran las lucecitas de plata.

El viejo Yksie las recogió cuidadosamente en una cajita de marfil. Después llevó el cuerpo de Tilín al campo de las flores y lo enterró. Las flores se agruparon sobre la tierra que lo cubría y se enroscaron, en brillante guirnalda, en torno de la cruz de madera que Yksie el viejo clavó sobre ella.

El viejo Yksie llamó entonces a Jelberg. Lo tomó en la palma de la mano, y estuvo hablándole al oído al tiempo que le ponía en las manos la cajita de marfil.

Cuando terminó de hablarle, Jelberg asintió con la cabeza y mandó un beso con la punta de sus dedos a la tumba de Tilín.

Luego, se perdió entre las flores.

* * *

## X

Cuando Jelberg entró de puntillas en casa del Abuelo Kane, lo halló contando el dinero.

Se acercó por detrás de la silla, subióse a su hombro, y, silenciosamente, agarrándose a su nariz para no caer, le introdujo el luminoso polvillo de plata que contenía la cajita, por los ojos y fue a caer a su corazón.

Al acto, el viejo sintió algo extraño. La dura capa de hielo que rodeaba su corazón se fundió rápidamente. Jelberg, sentado sobre su hombro, permaneció a la expectativa.

De pronto el Abuelo Kane arrojó el dinero lejos de sí, y se levantó nervioso. No sabía qué le pasaba.

Entonces se le ocurrió subir al desván, para probar de distraerse. Subió, y lo primero que vieron sus ojos fue un gran baúl que contenía sus recuerdos de juventud. Levantó la tapa y vio su traje de terciopelo bordado con sedas de colores, su gran misal de tapas de piel y un retrato. Lo tenía entre las manos.

Era un retrato suyo. Tendría unos catorce o quince años. Sus ojos brillaban como estrellas, y su boca roja sonreía, entreabriendo sus labios frescos. Sintió que las manos le temblaban y un extraño picor en los ojos. Arrojó rápidamente el retrato detrás del baúl y se esforzó en sonreír.

—Estaba yo contento entonces —suspiró, evocador, sin poderlo remediar.

Y sonrió. Y al sonreír, aparecieron las luces de plata en sus ojos. Fue entonces cuando vio al duende. Sus ojos se llenaron de lágrimas, y le acarició con un dedo la rizada cabeza.

—¡Oh, qué feliz soy! —dijo—, recuerdo que, cuando yo era bueno, también os veía... ¿Cómo he podido ser después tan malo?...

—He aquí otro que poseía las luces de plata, y no las supo conservar —dijo sentenciosamente Jelberg.

—Pero —continuó— Tilín ha muerto y te cede las suyas.

Entonces, Abuelo Kane se acordó de Tilín y comenzó a sollozar ruidosamente.

–¡Ay, pobre Tilín!..., ¡qué bueno era!... ¡Y yo, que he sido tan malo y tan cruel con él!...

Y lloraba tanto, y tanto, que Jelberg, que empezaba a sentir un picorcillo sospechoso en los ojos, trató de cambiar el giro de las cosas. Y procuró consolarle:

–Vaya, vaya, Abuelo Kane..., aún se puede remediar el mal que hiciste...

Entonces se oyeron las campanas de la Iglesia. Era domingo, y las gentes de Gran Valle se dirigían a Misa.

El Abuelo Kane se acordó de cuando era joven y acudía a la Iglesia, con su traje de terciopelo y el gran misal bajo el brazo.

–Iré a misa –dijo secándose los ojos–. Esto me hará mucho bien.

–Es lo mejor que puedes hacer –contestó Jelberg.

El Abuelo Kane tomó entonces su viejo misal y salió, camino de la Iglesia.

El duende seguía sentado sobre su hombro.

Cuando llegaron, ya había empezado la Misa, y todo el mundo leía devotamente en sus libros.

*Después, se durmió, sonriendo siempre. Y se despertó en el Cielo.*

*Al cerrar los ojos, rodaron por sus mejillas las lágrimas brillantes. Eran las lucecitas de plata.*

Unos niños cantaban en el coro y, entonces, el Abuelo Kane volvió a acordarse de Tilín, y a llorar. Se arrodilló junto a una columna. Un suave calor le envolvía el corazón, y una intensa emoción le impedía hablar. Entonces se arrepintió de todo lo malo que había sido, y sólo pensaba en pedir perdón a Dios, y en llorar silenciosamente.

Juntó las manos y recordó el Padre Nuestro que había aprendido de niño. Estaba rezando cuando le pareció que se abría el techo de la Iglesia y que bajaba una lluvia de flores. Vio a Tilín que le sonreía, y le tendió los brazos...

Los niños seguían cantando..., pero ya no eran los niños, sino muchos angelitos, que lo cogieron de los brazos y se lo llevaron allá arriba, arriba, junto a Tilín...

Cuando terminó la Misa, la gente se dio cuenta de que el Abuelo Kane se había muerto, arrodillado junto a una columna.

—Parece que esté dormido —decían—. ¡Cómo sonríe!...

Pero, antes de morir, Jelberg, que estaba pendiente de lo suyo, le preguntó al oído ávidamente:

—¿A quién dejarás tus lucecitas de plata?...

Y el Abuelo Kane respondió casi sin voz:

–Haz todo el bien que puedas con ellas...

De modo que Jelberg recogió cuidadosamente las dos lágrimas del viejo y las encerró nuevamente en la cajita.

Subió entonces a la Torre, y llamó a Jip. Éste acudió corriendo, y celebraron conciliábulo respecto a quién las dejarían.

Pero, ¡ay!..., eran los dos muy ambiciosos, y en pos de la esperanza de ocupar otra vez su puesto perdido entre los hombres, quisieron dejarlas a todo el Mundo.

Las pusieron dentro de la campana, y cuando, a la tarde, el sacristán dio los toques a oración, las motitas de polvo de plata volaron por encima de miles de ciudades...

Cada una cayó sobre el corazón de un niño.

Muchos las perdieron al roce de los hombres. Algunos las conservaron.

Y ésos fueron y serán los grandes Genios que asombran al Mundo...

FIN

# *Facsímil*

El duende y el niño

Reproducción íntegra del cuento *El duende y el niño*, transcrito en las páginas 15 y 16

## El duende, y el niño.

Pepito era un niño que nunca había tenido un traje de marinero, tenía 5 años, y era de lo mas perezoso que se a podido ver.

Un dia fue a su cuarto y llamo al duendecito, este salio del cajon de la mesilla dando un salto desde ella asta el suelo, ¿que quieres ahora?, le pregunto el

duende, Pepito dijo que
queria un traje de mari-
nero azul marino, y el
cuello con una raya alrededor blanca.
Enseguida el duende le
trajo uno pero luego se
lo llebo por que no tenia
las medidas, y el duen-
de llamó a Pepito dicien-
dole que le diera las me-
didas pero como era
tan perezoso no quiso
pr. que tenia pereza.
El duende lo trajo uno
se lo puso y le
estaba muy corto tan
corto que se le beian

...LE ESTABA TAN CORTO...

la camisa y los calzoncillos.
Le llamo otra vez y le dijo,
que uno mas largo.
El duende se lo trajo se
lo puso y le estaba lar-
guísimo, los pantalones
le colgaban la blusa le
caia por las rodillas y
las mangas por encima
de las rodillas, estaba felisi-
mo.
Le llamo al duende, y
le dijo que era muy
tonto, y el duende le
dijo que viera lo que
le había pasado por

...le estaba larguísimo...

perezoso, y a los perezosos todas las cosas les salen higual.

Entonces Pepito no volbió a ser perezoso.

FIN
DEL
PRIMER
CUENTO

... le dijo que era tonto ...

# Ana María Matute

## Nota biográfica

Nacida en Barcelona en 1925, es una de las escritoras más destacadas de la narrativa española. Muestra de ello son los numerosos premios que le han sido concedidos: Café Gijón (1952), Premio de la Crítica (1958), Premio Miguel de Cervantes (1958), Nadal (1959), Premio Fasternath de la Academia, Premio Planeta y Premio Nacional de Literatura Infantil (1984), entre otros. De su producción reciente destacan sus últimas novelas *Olvidado Rey Gudú* y *Aranmanoth*. Su obra ha sido traducida a más de veinte idiomas y es miembro de la Hispanic Society of America y Honorary Fellow de la American Association Teacher of Spanish and Portuguese. La Universidad de Boston instituyó hace años la llamada Ana María Matute Collection, a la que la autora ha cedido sus manuscritos y otros documentos, entre los que se encuentran los originales de los escritos de infancia recogidos en este libro.